Feisbuquer@s
Carlos M Gordiano

Diseño de portada: Ramon Navarro
Diseño editorial: Monica Galván

© 2021 Carlos M Gordiano

Derechos reservados

ISBN: 9798544949657

Se prohibe la reproducción total o parcial de esta obra, incluido incluido el diseño tipográfico y de portada, sea cual fuere el medio, electrónico o mecánico, sin el consentimiento por escrito del titular del *copyright*.

Sismocantropus

A Raissa María

El volumen *in crescendo* de *Poison Lips* le hace ensoñar que continúa en la fiesta que recién culminó hace unas horas. Lamenta los retumbos que emite el celular a esa hora de la mañana. En su momento pensó elegir una canción menos efusiva, pero *Azul,* de J. Balvin, alargaría el letargo a minutos de riesgo, al no provocar el efecto sacudida que lo disponga para el comienzo de una semana laboral de mínimo diez horas diarias.

    Pese al *beat* estridente de la música, los residuos de la juerga lo mantienen adherido a la almohada. De un momento a otro, estira el brazo para coger el adminículo y con una sencilla maniobra detiene el estruendo. Pero el artefacto en la mano le transmite una emoción avivante que lo saca del sopor. Al colocar el celular a la altura del rostro, una dosis de entusiasmo termina por sacudirle el resto de pesadez. Con habilidad de mago desplaza los dedos de la mano derecha sobre la pantalla del teléfono: *buenos dias mundo! ya desperte!,* escribe en las teclas virtuales y esboza una discreta sonrisa que se vuelve gesto febril al momento de terminar el mensaje. Se levanta de la cama para dirigirse a la ducha, no sin antes depositar con delicadeza el celular sobre una repisa aledaña a la regadera. A la espera del agua caliente advierte las notificaciones que emite el celular. Mientras deja fluir los vapores que exhalan de la tubería vuelve a consultar el teléfono. Es su amiga Barbara que comenta con diligencia el mensaje: *ser positivo durante la semana eehh!* Las palabras le indican que no solo él se encuentra vivo y despierto a esta hora de la madrugada de lunes. Con agrado reconoce que alguien lo acompaña a la distancia y además lo identifica plenamente con un mensaje optimista.

El agua caliente cae en su cuerpo mientras piensa que ropa vestir para el día. Proyecta en la mente su propia imagen idónea con la que se tomará selfies a la hora del desayuno y que subirá al facebook con vibrante delectación. La representación mental con diferentes atuendos y lugares acompaña la ducha a manera de un soundtrack visual. Apenas se convence de un atuendo lo desecha por otro que a la vez deja de convencerlo, mientras la espuma comienza a envolverlo con sensación resucitadora. El tono de las notificaciones provoca que olvide retirar la espuma del dedo con el que presiona para leer el nuevo mensaje: *exelente inicio d semana Como siempre, la productividad es vida*, comenta su primo Elfego, un obseso consumado del trabajo al que ni el abandono de la mujer le resta empuje en la chamba.

A punto de enjuagarse, escucha un tono nada familiar que le aumenta de súbito la temperatura. Impulsado por una reacción instintiva, abre de golpe la puerta para atravesar raudo la sala. Recuerda las tarjetas de crédito que conserva en la cartera que yace sobre el buró, lo que motiva su veloz regreso a la recámara antes de salir a toda prisa del departamento. De último momento desvía el paso para coger el celular que olvidó en el baño. Éste sería el único objeto que lo acompañaría hasta la calle, donde vecinos pasmados, aterrados, echarían de menos, por excepción, un cuerpo desnudo en la acera.

La perplejidad que prevalece en el entorno, le inspira la audaz ocurrencia de programar el disparador automático de la cámara, con el propósito de eternizar este momento único e irrepetible de pánico. Calculando un movimiento discreto, coloca hábilmente el aparato sobre el capó de un automóvil estacionado y enseguida enfoca hacia el temor reinante. Con el fondo de la calle, entre expresiones de inquietud de la gente, posa una actitud de indiferencia que resulta traicionada por una sonrisa coagulada de procacidad.

Superado el sobresalto, vuelve por las escaleras observando complaciente "la fotografía del temblor", en la que advierte el botón de espuma que se muestra fijo en su pélvis, a manera de emblema adánico. El amanecer y los rostros de vecinos azorados ante la agitación de la tierra reflejan una escena fenomenal. Excelente toma, para enviarla a *World Press Photo*, piensa en un arranque de espontánea convicción. Antes de abrir la regadera para terminar de enjuagarse, las comisuras de los labios delínean el gesto sardónico que acompaña a la luminosa idea de postear la imagen en el feis, ocurrencia que lleva acabo con la sensación triunfal de quien se sabe ganador de una justa heroica.

De inmediato comienza el alud de comentarios relativos a

esta *valiente obra del fotoperiodismo moderno*, a decir de su hermana Rita, que orgullosa se autoerige en crítica de imagen desde una barandilla del Reclusorio Norte, donde aboga por la libertad de escoria que bien paga por sus servicios. Resulta tan descomunal el rotundo éxito de la puntada, que se encuentra imposibilitado para responder todos los comentarios, limitándose a presionar una y otra vez la imagen del pulgar al cielo.

Ante la constante activación del tono de las notificaciones, Lucio opta por coger las primeras prendas del closet con que topa su vista. Ya no le importa el atuendo que mostrará este inicio de semana. Antes de salir de casa se detiene unos instantes sobre el borde de la cama para saborear los comentarios más recientes acerca de la obra de arte. La lectura estimula la creencia que en verdad ha conseguido la mejor imagen de su vida ¡y sin utilizar la cámara profesional y los conocimientos adquiridos en los cursos de fotografía! Creo que soy un fotógrafo nato y no me había dado cuenta, se felicita con modestia, a la vez que una gota de saliva cae de su boca, para despertarlo en forma abrupta del embeleso.

El funesto tráfico matutino que tanto detesta y que suele externar con lamentaciones y reiteradas mentadas de madre, resulta un bendito oasis de oportunidad para leer cada comentario. Aprovecha para responder algunos elogios, lo que es un decir, porque recibe tantos que se encuentra obligado a escribir generalidades del tipo: *gracias por tus felicitaciones, creo no merecerlas...* Enseguida presiona el acelerador y continua su camino inmerso en el deseo por topar con la siguiente escala del embotellamiento, o siquiera con el próximo semáforo en luz roja.

Cree encontrarse en el día más feliz de su vida. Hace tiempo que no experimentaba una excitación semejante y tan prolongada. El efecto de los *poppers* resulta tan breve (eso sí, con un orgasmo que dispara hasta el cielo), que el descenso veloz a la realidad siempre termina por incentivar el consumo de nuevas dosis de fuga. Cada tono de alerta parece emitir el eco de un prodigio. *eres el manuel alvarez bravo del siglo veintuno*, celebra un amigo virtual, de quien las única referencias que conoce es el nombre de Bonifacio y, a manera de presentación, una simple fotografía de un volcán estallando. *El nuevo Nacho López*, ensalza una vieja conocida con la que compartió acercamiento a la fotografía en la época de la prepa. La Dinora sí sabe de lo que habla, concede con satisfacción secreta. Los halagos y comparaciones los responde con reiteradas *gracias, gracias*, pese a que el trabajo de los artistas referidos no le significa gran cosa, acaso el registro de una época tan lejana a su pulso vital, que de no existir la máquina del tiempo del internet, prefiere tener presente Coyoacán, la Condesa y el Centro Histórico, como lugares propicios para comer o la *party*. Si algo le significaba el nombre de Manuel Álvarez Bravo es la referencia a las imágenes famosas de Frida y Diego Rivera. Lucio reconoce saber poco de "la Frida", algunas generalidades de su conmovedora obra pictórica, con las que alguna vez cruzó en la sección cultural de una revista de socialités, que omitía el dato de su militancia comunista. Todo un signo de época que algunas famosas de la farándula de nuestros días, asumen como moda o como emblema del dramatismo existencial.

De Nacho López se preguntó: ¿Quién es ese güey?, cuando

escuchó mencionar por primera vez este nombre, en voz del maestro del curso que tomó en el Centro de la Imagen, donde terminó llevándose de cuartos con la hija de una famosa y venerable escritora mexicana, que no heredó el talento de la mamá, pero con la que se emborrachaba en las cantinas circundantes, en los albores del nuevo siglo. Sin embargo agradece la comparación, sobrada cuenta que las imágenes "populosas y folklóricas del pasado" —como él las considera— jamás han llamado su atención.

Si este momento de reconocimientos virtuales permite una comparación, ésta consistiría en la aproximación sensitiva y transgresora a Spencer Tunik, su fotógrafo favorito desde la ocasión en que saliendo de un antro en la calle de República de Cuba, una chica rasta de no mal ver insistió que lo acompañase a formar parte de la historia. Como toda la noche había provocado su líbido con la permisión de unos arrimones de locura convulsiva, esquinados en un rincón tan oscuro que semejaba un *dark room*, terminó por aceptar quitarse la ropa a lado de una multitud de encuerados en plena la plancha del Zócalo.

Lucio López Tunick, pronuncia, dibujando una sonrisa. No. Mejor, Lucio Tunick a secas, se convence a si mismo mientras responde un *gracias los quiero,* a su público conocedor. El tráfico continúa con las arterias viales saturadas. Pero a estas alturas poco le importa el flujo lento que complica su arribo al centro de trabajo. ¿Si me reporto enfermo?, cavila con malicia unos instantes, luego de leer: *cada día más bueno*, externado por una exnovia de generación, que navega por el feis con una imagen en la que reviste con trucos virtuales la telaraña de arrugas prematuras. Bah. Importa el elogio y de quien viene. Se trata ni más ni menos de su primer gran amor, aquel amor que en algún momento de la vida se desea encontrar de nueva cuenta.

Los comentarios lo mantienen en las hamacas emocionales de la fascinación. Y para su fortuna —"¡dios, es un milagro!"—, a unas calles encuentra una sucursal de su cafetería predilecta. No lo piensa más: Este día está destinado a la historia. Nunca, ni siquiera cuando subía imágenes suyas que se tomaba por el mundo, sus ocurrencias habían sido tan comentadas y felicitadas como este desnudo artístico, observado por un amigo virtual como *representativo del mejor fotoperiodismo mexicano del siglo veintiuno!!!... A weber!!*, celebró otro. La imagen parece anunciar el comienzo de la época que había anhelado en otro momento de su vida antes de aceptar, no sin una leve resistencia, la línea recta en el horizonte dentro de una empresa que le carcome la existencia en la misma proporción que le remunera con un significativo ingreso. ¡Quién lo iba a pensar! Ahora, cuando este tipo de afanes ya pertenecían a la cripta de los archivos muertos, una improvisada travesura obraba a través de los enigmas del universo virtual, para reintegrarlo al mundo en condición de artista de la lente. Semejante osadía fulminaba su ser común y ordinario para reinventarlo en un hombre nuevo.

Gracias a los beneficios del facebook, el execrable trabajo bien remunerado que a diario realiza puntualmente desde hace casi veinte años, en la oficina de estilo minimalista que se esmera por conservar más minimalista, le importa un carajo. Algo se me ocurrirá para justificar la ausencia del trabajo, confía, y a la vez piensa en el doctor borrachales de su primo que acostumbra, sin falta, el religioso "san lunes".

La imagen circula primero en el corredor virtual de las amistades aceptadas, luego, en páginas de desconocidos virtuales, y siente explotarle el pecho cuando advierte que cibernautas de otros países, conforman un eslabón de la interminable cadena que difunde la foto por los rincones más inimaginados del feis. A la par que lee con fisgoneo mórbido los comentarios de sus amigos, echa un ojo a las exclamaciones escritas en inglés. Se percata que la muletilla *ha ha ha* no distingue lenguas ni razas, todos los idiomas la utilizan con igual sentido. *ha ha ha, congratulationes!!, complimenti!!! hahaha.* Y experimenta una especie de arribo al clímax cuando encuentra garabatos debajo de la imagen— おめでとうございます—. Pero cuando topa con la expresión *zarionak ha ha ha*, intuye la probablidad de que la palabra no corresponda precisamente a una felicitation.

Henchido de orgullo, tiene ganas de responder a toda amistad. Comienza a intercambiar en el *messenger* con varias personas a la vez. Agradece comentarios y felicitaciones. Comparte algunos pormenores acerca de la osada obra, con la modestia de quien recibe una estatuilla cinematográfica frente a las cámaras:

es una faceta en la que llevo años preparandome, solo k no me abia permitido mostrarla en el feis.

Los comentarios no se hacen esperar:

genial!!

k lindo!!!

En todo momento procura que los halagos no lo

desconcentren del estilo modesto de las respuestas.

deverias subir mas imagenes, muchos t lo agradeceremos

bueno m dare a la tarea de revisar mi stock, pronto tendran niticias

Las peticiones de los apreciadores emergentes constituyen los primeros indicios de los apuros que trae consigo la fama. En un cajón guarda unas cuantas docenas de imágenes de la época del taller, pero las considera vestigios de una profesión destinada al olvido. En el mejor de los casos representan testimonios visuales de un intento condenado al *hobbie* del autoelogio. ¡Bah! Ya se preocupará en los días subsiguientes por resolver este apremio. Mientras, a disfrutar las mieles derramadas del éxito, que lo han instalado sobre un pedestal que ni siquiera el puesto de mayor importancia en la empresa le retribuiría semejante felicidad.

En el recuadro del chat aparece el saludo inesperado de su antiguo amor, lo que descarga una extraña efervescencia que provoca un momento de desconcentración, que le lleva a escribir: *cuando t dejas ver?...* ¡¡Chinga su...!!, devuelve y se arrepiente al instante. *Cuando quieras corazón,* responde la ex. El comentario le provoca el súbito aumento de temperatura que la química corporal transforma en sudoración de callos a orzuela. *cuando puedes?,* vuelve a soltar, arrepintiéndose de nuevo. *El viernes!! De acuerdo?,* revira la mujer. Recriminándose esta nueva incontinencia y sin saber por qué, teclea: *donde y k hrs?* A la víspera del nuevo lance al barranco, acepta que no le queda otra que ignorar los autoreproches. *Yo te aviso donde y la hora, ok?* Lee esta expresión maldita como si fuera la indeseable renovación del eco de la vieja incertidumbre. Aceptar de nuevo la imposición de pautas unilaterales, pesaba demasiado en su conciencia al cabo de casi veinte años de distanciamiento. ¿La mando a la goma?, se pregunta. Mejor la planto, asevera en silencio. *ok, me avisas ehh!* La ex devuelve el trato con un *Felicidades por la foto, está buenísima. Sigue así,* y enseguida sale del chat. El fugaz intercambio levanta la tolvanera de sensaciones y sentimientos que parecían extintos desde aquella iniciática juventud. Paréntesis que lo suspende por un momento de los execrables compromisos que roen su actualidad como miembro de reciente ingreso a la edad madura.

Por fín cosechaba los frutos de la dedicación monomaniaca a su pasatiempo favorito. Curiosear cada perfil que cruzaba en su camino y solicitar amistades a diestra y siniestra, rigiéndose por el criterio de que todos los feisbuqueros comparten el gusto por el fisgoneo, había arrojado los resultados fehacientes de una prolongada inversión de tiempo y morbo. Había buscado a todos sus conocidos, desde la primaria hasta los romances efímeros de años recientes. En reciprocidad, aceptaba absolutamente a todos los que a diario aparecían en la lista de solicitantes de amistad. El resultado de este corazón abierto a la amistad virtual, supera por cientos la ínfima cantidad de amigos de carne y hueso en quienes suele confiar.

La mayor de las felicidades le había sido revelada este día maravilloso. Leyó, releyó y gozó cada expresión tendiente a ensalzar su popularidad, hasta recibir el nuevo día con el cel en la mano. Antes de comenzar a toda prisa los preparativos para —ahora sí— ir al trabajo, echó un último vistazo a las notificaciones. Para su asombro, constató una inconcebible ausencia de nuevas manifestaciones. Algo raro podría estar sucediendo. Cuestión de esperar un rato, aseguró, infundiéndose ánimo, convencido de que continuarían las muestras de simpatía.

Pese a encontrarse obligado a salir más temprano de lo habitual para exponer al jefe los motivos de la inasistencia, en el camino se permite checar una vez más el feis, donde la ausencia de nuevos cumplidos casi le provoca un infarto. Le sobresalta un pensamiento angustiante: ¿La indiferencia es sinónimo de marginalidad? En las proximidades del corporativo esta sensación transmuta una especie de inseguridad con resonancia a mal augurio. El *boss* descree la justificación de la ausencia. El informe médico le importa un comino porque su estado físico no traza el menor asomo de enfermedad, ni siquiera malestar previo, pese al intento histriónico por urgir una visita al w.c. El jefe opta por ocultarle la información proporcionada por su secretaria (que a su vez es amiga cariñosa de Jacaranda, una de las cuatachas virtuales de Lucio, que elogió con la desmesura de signos de admiración el famoso desnudo sísmico que motivó la ausencia). Aprovecha la oportunidad para conocer hasta donde llega el eficiente ejecutivo mentiroso que tanto presume lealtad al corporativo. A todos nos llega el momento, piensa, fingiendo escuchar el monólogo de Lucio. En víspera del próximo recorte de personal le caía del cielo esta perla de la desconfianza. Lucio conoce las sagradas escrituras no escritas de esta venerable empresa, que prescriben la conclusión de la relación laboral con aquellos empleados que rondan las cuatro décadas. Cuestión de meses el aviso de la liquidación de Lucio y siete empleados de menor jerarquía. Ahora, con mentiritas acerca de supuestas enfermedades desmentidas involuntariamente en el feis, podrán despacharlo en cuestión de días.

—Las altas exigencias del trabajo obligan a mantener una salud óptima durante el tiempo que estemos en esta empresa. Quizá es hora de que pienses en un laaaaargo descanso. Piénsalo —dijo el *boss,* tanteándolo.

—Pero, no fue nada grav...

—Piénsalo, piénsalo, Lucio. La salud es primero, no lo olvides.

Lucio sale de la Oficina de Regaños Sutiles y Advertencias Veladas con el "laaaaargo descanso" retumbando en los oídos. ¡Vaale mmmadr...! Entiende bastante bien el significado de este tipo de indirectas. A él encargan estas comunicaciones cada cierto tiempo. Ahora, verse convertido en destinatario de este solapado ultimátum, lo consterna tanto como imaginar el cheque de liquidación. Revisa documentos y atiende pendientes acumulados de las últimas veinticuatro horas. Nada qué preocupar, lo que profundiza aún más su temor. Si no hay pendientes de urgencia, ¿por qué la intimidación?, se pregunta mortificado. Llama a la asistente para dar curso a las ordinariedades y procede a realizar ejercicios de respiración para procurarse *dalay.*

A media levitación, Lucio prefiere encender la computadora para entrar de lleno a las tareas del trabajo. Se encuentra a punto de abrir el programa informático, cuando opta por realizar la única visita al feis que se permitirá este día de trabajo. Encuentra como única actividad el reenvío de la foto, sin comentario alguno o siquiera una señal de visto bueno. Comienza martirizarle un brote de ansiedad que semeja a la cruda de una desquiciada borrachera. Reconoce que le aflige el vacío luego de un largo día de fama ¿Me estarán jugando una mala broma?, inquiere, invocando por debajo la esperanza.

Intenta concentrarse en proyecciones y números, pero su mente constituye una caldera produciendo burbujas efervescentes de especulación. Apenas avanza en el intento por cuadrar un presupuesto y la curiosidad feisbuquera lo arroja lejos de esta formulación. Algo anda mal, afirma, sospechando una posible traición. Apenas ayer la multitud feisbuquera derramaba muestras de simpatía por su genialidad y hoy nadie reivindicaba la trascendencia de su obra.

Por la noche, sintiéndose víctima de una posesión maléfica que desvanece toda resistencia de la voluntad, volvió a las andadas. La indiferencia del feis le inspira a pensar en el síntoma típico de "la adversidad". Todo un desafío para el artista en sus primeros pasos hacia la consumación del éxito. Recuerda que en los cursos de la empresa repiten hasta el empacho una máxima de todos los tiempos: "el chiste no es llegar, sino saber mantenerse". Al día siguiente, carga la cámara fotográfica profesional motivado por el anhelo de la reivindicación. En calzada de Tlalpan identifica un representante de la ley que recibe algunos billetes dentro del reglamento de tránsito, de un apresurado automovilista. Pero el movimiento vehicular sólo permite el registro de un ángulo de la puerta del auto y la espalda del gendarme. Más adelante se suscita una interesante colisión microbusera, imposible de registrar por la presión intermitente de cláxones de conductores apresurados. En el trabajo realiza tomas de todo lo que encuentra a su alcance. Convencido de un nuevo logro, sube a su cuenta la imagen de una cuchara cafetera emanando siluetas danzantes de vaho.

Al recibir los primeros comentarios, un entusiasmo súbito le hace creer que por fin concluirá el ayuno de fama. ...*ummm!,* seguido de *saludos,* luego un *Buen día amigo tkm.* Es todo. Ni felicitaciones, ni pulgares al cielo, ningún indicio tendiente a ratificar su popularidad. El regreso a casa lo padece como el itinerario lóbrego que lo conducirá directo hacia la amargura, a causa de la escasez definitiva de aplausos. La frustración llega a tal grado, que retira con brusquedad los anteojos de pasta negra sin graduación y los arroja con violencia fuera del auto. Ya en casa, trabaja todas las ocurrencias que produce su mente: Tomas de cerca a los objetos, experimenta con luz desde distintos enfoques, intenta fotografiar las sombras del escuadrón de la muerte, que por las noches invaden el parque para transformarlo en alegre alcoba colectiva, se fotografía el ombligo. Procede a seleccionar las mejores tomas que dosificará en el feis con relativa frecuencia. Termina por aceptar que ninguna lo convence por completo, pero intuye que la inseguridad que copa su mente está distorsionando la apreciación de un excelente trabajo. Entonces elige la fotografía de una lámpara de techo, que al reflejarse en un espejo de pared produce la ilusión óptica de un platillo volador flotando en la atmósfera de su casa. ¡Misión cumplida!, exclama enstusiasmado, acto seguido se sumerge en las cobijas.

A lo largo de la noche cree escuchar la alerta de las notificaciones, pero al revisar el teléfono no encuentra manifestación alguna. A cada rato vuelve a perderse en la almohada hasta que el estallido beat anuncia la hora de levantar. Con desgano coge el móvil para enseguida depositarlo en el buró y luego se dirige al baño chispeando mal humor. La ducha no surte el efecto de remover el pesimismo. Vuelve a revisar la cuenta del feis.

Durante los segundos de calentamiento del motor, sus manos se rebelan de la animosidad mental para asir con ansia el sofisticado teléfono. Estrella el artefacto en la puerta del lado derecho para después caer ileso en el asiento del copiloto. Promete con fervor de cenobita autoflagelado no checar el feis durante toda la mañana. Conduce repitiéndose: no checo el feis, no checo el feis... Cuando arriba al inefable crucero de la desesperación su vista traicionera se dirige al celular, pero un chispazo de resistencia sobrehumana contiene su mano y repite el decreto con mayor vehemencia: NO CHECO EL FEIS, ¡NO CHECO EL FEIS...! Finalmente un paréntesis autoexculpatorio le permite reincidir en el hábito. *maravilloso!!... pero se k puedes subir mejores obras ehhh!!* Esconde el teléfono en la guantera, NO CHECO EL FEIS, NO CHECO EL FEIS...

Bastante que no llega a la oficina con la convicción de empeñar toda su energía y concentración en las tareas del trabajo. Hoy nada lo distraerá. Lo posee el ánimo de volver a ser el jefe matadito que trae en chinga al personal. Ahora sí verán lo que es bueno, promete con la llama encendida del coraje. Y lo hace. Cada decisión ordenada con humor gélido, oculta una constricción mórbida tendiente a inhibir el impulso checador del feis. Atiende los asuntos del día repitiéndose en todo momento el decreto.

Cuando llega la hora de comida sus resistencias se encuentran minadas ante el beneplácito de haber evitado la tentación durante toda la mañana. Extrae el teléfono del saco con la seguridad de disfrutar los comentarios acumulados durante la mañana. Esta ocasión no coge el aparato de forma automática, sino como acariciando un codiciado tesoro por el que desplaza suavemente los dactilares. ¡Ching...! ¡Nadie! ¡Carajo! No teniendo otra se lanza a conocer las últimas novedades de la red social.

A buena parte de sus amistades las encuentra ahí, posteando imágenes con mensajes positivos que sirven para la vida, incrustando memes chuscos acerca de cualquier tópico del día o escribiendo comentarios con sentido del humor. Pero nadie, ninguno, alude a su posteos. ¡Con una fregada!, manotea con discreción a lado del plato de sopa y enseguida guarda el celular con la promesa de no volver a checarlo sino hasta la noche.

Abrumado por la nula respuesta a sus ingeniosos posteos, encuentra alivio en una comunicación de *messenger* de la ex, quien reafirma su disposición por concretar el encuentro anunciado. So pretexto de esperar su nuevo mensaje permanece conectado a la red a lo largo del día. Como no queriendo, echa ligeros vistazos a las notificaciones. La repetición de este procedimiento comienza a desarrollarle una especie de inmunidad a la indiferencia. Al menos por este día, la esperanza de la cita lo eleva sobre las veleidades del carácter. En el ejercicio del legítimo derecho a la franqueza, acepta que uno de los motivos subyacentes a la búsqueda de popularidad feisbuquera, ha sido el anhelo por concretar un ligue.

Por la tarde recibe la notificación a través del mensajero:

nos vemos mañana a las tres para comer. Paso por ti en Reforma y Río Guadalquivir, *ok*? Al instante suspende la firma de documentos para confirmar su asistencia: *te gusta la comida japonesa?* La comunicación resultó frustrada ante el mensaje: Marlene salió del chat.

El resto del día trancurrió como si flotara por el extinto viento de *La región más transparente*. La ilusión del encuentro anida sus pensamientos y surte el efecto de restarle importancia a la escasa anuencia virtual. Olvidarse de la fotografía le trae una paz tan elevada que le inspira a rezar un Padre Nuestro, y por primera vez en la semana concilia el sueño a temprana hora.

Arriba al lugar de la cita cinco minutos antes de la hora. Con ambas manos sostiene el estuche de la fragancia que eligió con instinto de pertenencia para *su* Marlene. El switch de la inquietud se activa con la sucesión incontenible de pensamientos relativos a su estado físico. Le preocupa de sobremanera cómo lo encontrará, si aún llamará su atención y si esto lavantará la pausa del reproductor. Tiene presente que la foto del feis por seguro trastoca la realidad de su aspecto físico actual. Pero la aceptará como se encuentre sin el menor reproche.

El tono de notificaciones suena un par de ocasiones. Checa el teléfono. Para su sorpresa, se encuentra con un comentario benevolente acerca de la vieja foto del desnudo sísmico y un saludo en el que le desean parabienes. Volver a recibir acotaciones del posteo artístico suma una dosis de entusiasmo al encuentro en ciernes. Buena señal, aduce con excitación.

Comienzan los sintomas de inquietud mientras observa el paso de los automovilistas. Para mitigar la ansiedad, vuelve a la vieja costumbre de postear mensajes insulsos acompañados de alguna imagen baladí: *aqui en reforma*. Momentos después se le ocurre subir una foto del perfume que obsequiará a Marlene: *aromatizando la campos eliseos dela cdmx hahaha*. El revire no pudo ser más raudo: *ja ja ja*. Encuentra un interesante ángulo del Ángel de la Independencia, donde sobresale la efigie como flotando sobre los árboles. Vuelve al ataque: *nuestro angie de la guarda*. El teléfono registra notificaciones que traen consigo la súbita ilusión de recibir los halagos que las fotografías de la semana le habían negado. *Disculpa, ya no llegaré, olvidé que es cumpleaños de mi esposo, luego te busco, ok?* El celular se convierte en el transmisor de ondas gélidas que paralizan su actividad cerebral. Así permanece durante instantes que parecen dejar de pertenecer al tiempo. Cuando resucita, un arrebato le inspira lanzar el maldito teléfono hacia avenida Reforma, para que un auto, una camioneta de preferencia, lo deje cimbrado en el pavimento y con ello ver destruidas todas sus desgracias recientes. A punto de lanzarlo, suena de nueva cuenta el tono de notificaciones. Será la última ocasión que consultará el feis en mucho tiempo. *felicidades!! excelente fotografía*. Enseguida un nuevo comentario: *Magnífica imagen!!* Un alud de felicitaciones y comentarios que comienza a recibir lo distraen del propósito. Respira profundo mientras lee cada comentario y vuelve a zambullirse en el deleite que provoca el incremento de pulgares al cielo.

    Camina lentamente por la acera de la avenida Reforma, esbozando el aire de la confianza recobrada. Metros adelante detiene el paso y enfría el gesto del rostro. Así permanece unos instantes. Echa hacia atrás el brazo derecho para tomar fuerza y enseguida arroja el celular justo debajo de las llantas de un autobús rojo en circulación.

El derecho al respeto ajeno

A Germán de la Vega

Willi registra el instante con el celular, cada vez que esto ocurre resulta notable el oficio de presionar el disparador sin provocar el menor sacudimiento. Aficionado consumado a las selfies, en especial tratándose de imágenes con perspectiva, las tomas de Willi siempre resultan perfectas.

Cuando elige la imagen de inmediato la sube al feis, con una escueta frase alusiva a la dicha inmensa que refleja la foto. Parece habitar en un paraíso de felicidad, inmune y ajeno por completo al mundo donde ocurren los dramas y tragedias de los simples mortales. Cuando no sube fotografías, postéa un mensaje de consistencia optimista dirigido al ejército de militantes de la positividad del que forma parte, con un grupo de amistades holístico-urbanas adictos a la red social. Mensajes que suelen no fallar cuando el escalofrío de la angustia amenaza con carcomer la fortaleza. Cosa de subir el posteo de resonancia positiva y enseguida se manifiesta una onda expansiva de optimismo, como si fuera el *bonus track* del mensaje.

Las imágenes las selecciona con habilidad visual pero sin el esmero de un retocador de fotoshop. A Sarita no le queda otra que presionar "Me gusta", como respuesta automática a los innumerables comentarios de las infatigables seguidoras. ¡Maldita la hora en que se inventaron los teléfonos inteligentes!, reprocha, como desahogo. Sólo en casos muy especiales considera la conveniencia de que Willi conozca el mensaje de alguna fan, para que determine la pertinencia de la respuesta. Para el caso, lo dicta en un descanso del rodaje o durante el regreso a casa, aunque por lo regular confía en la inspiración de su colaboradora.

Su muro resultó inundado de pulgares erguidos y muestras de aprecio cuando escribió: *El derecho al respeto ajeno es la paz*, como justificación del rechazo desdeñoso al tropel de periodistas que se le abalanzó en el aeropuerto, para interrogarle acerca del supuesto romance con la estrella Erin Palma, la famosa examante del respetado y temible productor de telenovelas de más alto rating de los últimos años, El Negro Vázquez. Para no faltar al debido respeto al derecho ajeno, Willi presentó la famosa frase con las siguientes palabras: *Como dijo el padre de la independencia, don francisco madero..*, y remató el mensaje con: *mis Respetos señores*.

Todo un artificio aquel romance con Erin Palma, creado de común acuerdo para sobrellevar las semanas de vacas flacas en la pantalla chica. Erin y Willi festejaron la jugada como si hubieran revolucionado las previsibles historias personales de las estrellas: disfrutando una tarde de copas en conocido restaurante del circuito polanquense, donde fingían besuqueos en una mesa de calle a la vista de todos. Sarita, por su parte, difundió la noticia del encuentro a un conocido periodista siempre necesitado de billetes, que corrió al lugar para registrar el nuevo romance. Aunque, si el mencionado reportero se hubiese encontrado imposibilitado para cumplir esta encomienda a causa, por ejemplo, de un prolongado embotellamiento sostenido con otros colegas, Willi hubiera solicitado al gerente del restaurante (o a un mesero) el registro de las candentes imágenes con su propio teléfono celular. Ya Sarita se encargará de compensarlo.

Una historia siempre deriva de estas imágenes. Por lo menos, la protohistoria condicionada al guión del respeto al derecho a la privacidad, que dará lugar a declaraciones a conveniencia, según las circunstancias de escases o abundancia de llamados. De suma importancia no perder de vista el objetivo. Si recibe una invitación para un trabajo importante, como la participación en alguna telenovela, valorará con la cómplice la conveniencia de un desmentido, esto dependiendo también de cómo vaya beneficiando el asunto a la compañera, en cuanto fama y trabajo.

Para regocijo del periodismo rosa, Willi ha roncado en la alcoba de varias actrices guapotas de medio pelo. Las escenografías que dan testimonio de su incuestionable *sex appeal*, por lo común resultan las más recurrentes del gremio: el mar de alguna bahía del Pacífico o Quintana Roo, encuentros a modo en locaciones, los restaurantes *nice* frecuentados por la farándula o en compañía de algún político con aspiraciones de celebridad; a veces, inclusive, hasta permite que los comensales se tomen fotos con "la pareja del momento". No puede faltar, por supuesto, la exhibición en algún antro de moda donde suele pasarse de copas.

Su ingreso al medio de la farándula en condición de adonis casto, llamó a su disputa entre varias mujeres del ambiente tan novatas como él, pero con largos colmillos vampirezcos solo compatibles con su pobreza histriónica. Romances que venden lo suficiente para el propósito de la autopromoción o la obtención de fama no conseguida con las tablas del talento. Willi confiesa en privado la nausea que le provoca cada acostón. Pero, como buen macho, lo soporta por las excelentes oportunidades que redituan en materia de publicidad.

Cada romance es propalado en su momento en el feis. Y, si bien, en el gremio se ha puesto de moda el uso frecuente del twitter o instagram para todo tipo de exhibición e incontinencia verbal, este futuro primer actor prefiere utilizar el libro de caras para sus comunicaciones. Cuánto le fascinan los escuetos mensajes "inspirados desde el corazón", formulados con oraciones espontáneas carentes de la menor formalidad: *queridas fans nose preocupen, cuando aya algo serio ustedes ceran los primeros en saberlo. las amo*

Su condición de guapo del momento —sumado al excelente trabajo de Sarita como representante, ante la nula eficacia del manager oficial, Alberto Larrossa—, ha catapultado la fama de Willi Levinas a niveles insospechados dentro de la comarca de teleadictos a las historias anodinas. Además de protagonista de la nueva telenovela [un refrito visto hasta la nausea desde los tiempos de las abuelas, sólo que con los condimentos propios de la nueva época: trocas cochiloco, mujeres con nalgas y tetas postizas, y labios, pómulos y cabelleras igual, fincas exclusivas de ensueño, rascacielos recién inaugurados en la Ciudad de México, donde, por cierto, filmará la escena en que enfrentará a puño limpio al villano Ramiro (Tony de la Mora), quien lo intentará lanzar desde el piso cincuenta de la Torre Reforma, historia creada *ex profeso* para sacarle jugo a su germinal imagen de radiante sonrisa con belfos femeninos y dentadura nívea hasta lo grotesco], también estelariza el grupo de jueces de un *reality show* que no levantaba audiencia, aparece en cada segmento de comerciales llevándose a la boca todo tipo de comida chatarra, y se le ve en gran cantidad de anuncios espectaculares del país, promocionando con sombrero charro las fiestas patrias del año en curso. Por consejo de Sarita no desaprovecha ninguna oportunidad. Esta industria sabe explotar al máximo los atributos de ciertos *valores*, como de igual manera, llegado su tiempo, los condena al desempleo, eufemismo utilizado en el negocio para designar algo peor que la cohorte de estrellas teme: el olvido.

Acepto, responde al exhorto de Sarita para grabar un disco con los éxitos de Nelson Ned. No tendrá que preocuparse por nada. El ofrecimiento incluye un curso intensivo de vocalización y canto con el maestro preferido de las estrellas, y la producción estará a cargo del mero mero del arte de la magia musical, Milo Agnes, quien opera este negocio desde Los Ángeles, California. No habrá nada de qué preocuparse, se lo aseguran distintas voces. Con las nuevas tecnologías híperdesarrolladas de audio y sonorización, su voz de pajarillo en desahucio (de resonancia eunuca debajo de la ducha), la cual evita hasta cuando la familia entona *Las mañanitas* en el cumpleaños de la madre, sonará casi tan potente como la del

Pequeño Gigante de la Canción. ¿Quién es Nelson Ned?, pregunta, al término de la firma del millonario contrato. Tú no te preocupes por nada, replica con tonillo lambiscón Larrosa.

Por increíble que resulte, el *reality show* comienza agobiarle y las clases de canto las pospone con regularidad por falta de tiempo. Debe estudiar a conciencia el guión de su primera película. Un bodrio de corte heroico, que de no ser por el imán de su guapura, la trama pasaría como un híbrido entre el cine de luchadores y ficheras ascendidas a bailadoras desnudistas. Para colmo, la eficaz colaboradora le informa de la reunión del sábado por la mañana con el club de fans. Willi se queja con amargura por el precio de la fama para justificar la cancelación de su presencia en el encuentro. Su ausencia la comunicará más tarde, de forma directa, a la presidenta de su club de fans, a través de una llamada telefónica donde le inventará una supuesta confidencialidad relativa a la primicia de su película, en la que el director requerirá la participación del club de fans en calidad de extras. La Fanática Número Uno festejará la noticia con las integrantes del club, quienes cariñosas y comprensivas devolverán la atención con su acostumbrado mensaje en el feis:

Willi, siempre contaras con nuestro incondicional apoyo!!

Por la madrugada, rumbo a casa, mientras Larrosa demuestra poseer mayor habilidad al volante que para la representación artística, Willi se desconecta del entorno mediante la entrega febril al teléfono celular. Apenas si musita un "hasta mañana" a su malogrado representante, ahora en funciones de chafirete, y se introduce al lujoso edificio sin mover la vista del artefacto. Por la mañana, Sarita hace presencia en el departamento, donde encuentra a Willi dormido con el móvil en la mano. Entonces le suministra una bebida energizante de gran potencia —en ayunas— para resuscitarlo y así disponer su salida hacia el rodaje.

La noche de este fatigoso día de trabajo la dedica únicamente a reponerse del desvelo anterior. Pero a la siguiente noche, ni siquiera pide a sus colaboradores pasar a cenar "algo ligero" en la taquería de costumbre. Únicamente apremia el traslado para llegar cuanto antes a su casa, donde vestirá una bata de seda y reorganizará su habitación con el ordenador frente al reposet, para sumergirse por las extasiantes honduras del agujero virtual.

El desvelo recurrente se refleja en la desconcentración de Willi durante las grabaciones. Por fortuna, la escasez de talento que comparte con Gina, la heroína, obliga a la repetición constante de escenas que el director ordena con molestia reprimida. A este par de hermosas mediocridades se les toleran todas las pifias "por encargo de allá arriba". Preocupaciones al margen, a Larrosa le inquieta que su diminuto nicho de proximidad a la farándula se le termine, sin haber conseguido los contactos indispensables que le sirvan para continuar gravitando en este firmamento.

La indisciplina de Willi inspira sentidos sermones tocantes al desencadenamiento de los peores infortunios. Todo está bien, minimiza. Sólo necesito un poco de distracción. Pero los colaboradores quedan igual de preocupados al desconocer a qué se refiere con "un poco de distracción". Ignorar los atajos que Willi está tomando para oxigenar su existencia los tiene con todas las alertas encendidas. Las especulaciones no se hacen esperar. No descartan una posible adicción a la cocaína que lo mantiene en vilo toda la noche. Bien conocen el medio. En los pasillos se rumora la presencia de un nuevo *dealer* que suele rondar el set disfrazado de auxiliar general. ¡Esto no puede sucederle a un chico tan adorable y sano como Willi!, suelta Sarita con afán dramático, temiendo el ocaso prematuro de la estrella a causa de las drogas.

Larrosa convence a su amigo y patrón de hacerle compañía en casa, al menos por una noche. Propuesta con la que no tiene el menor reparo Willi, considerando que la desvelada del día anterior y el agotamiento producido por la jornada de este día, lo tienen a punto del desplome. Según Larrosa aprovechará esta oportunidad para husmear en las misteriosas distracciones del amigo estrella. Los ronquidos con altavoz incrustado en la garganta resultan una experiencia telúrica, que le llevan a concluir que no existe nada fuera de lo normal. Con excepción de este detalle, no descubre indicios de una abrupta crisis de abstinencia, ni el deseo incontenible por un ligero atascón de coca.

La rutina termina por conformar el valor agregado a la extenuante vida del famoso. Autógrafos, entrevistas banqueteras con preguntas previsibles que provocan respuestas previsibles; lectura de guiones, ensayos, reuniones con productores... Ansiaba la llegada de la noche para descansar. Pero, en vez de entregarse al arrullo cálido de las cobijas, presiona con el índice manicurado el botón de encendido de la computadora y se permite fluir por la alquimia que esfumará el cansancio nulificante. En la nueva cuenta de la red social, su cabellera ondulada, castaño claro, de largo medio, que peina hacia los lados, modela una metamorfósis que lo exhibe con una cresta lacia, color castaño oscuro, apuntando al frente y rape de los lados. Sombrea una barba calculadamente apenas crecida, opuesta a la lampiñez párvula de su verdadera personalidad. Y la densidad de su masa corpórea apenas marcada en brazos, pectorales y abdómen, resultado de la visita regular al *gym*, muta en esbeltez carente del bronceado habitual. La relativa holgura de su vida proviene del "empuje diario como auxiliar de gerencia de recursos humanos", y responde al nombre de Kevin Modonessi, nacido en el primer año del nuevo siglo, un año menos que el registrado en el acta de nacimiento de Wilfrido López Aguilar, mejor conocido en el mundo de las luminarias como Willi Levinas.

La vorágine diaria de solicitantes de amistad resulta proporcional a las solicitudes que envía Kevin. Apenas comienza una amistad y el intercambio fluye sin andarse por las ramas: *stas bien bueno..., ummmmmmmmmm!!!..., kieres?...*, expresiones directas al objetivo, sin necesidad de recurrir al preámbulo de urbanidad sospechosa en que fermentan los cortejos heterosexuales. Dedica horas a curiosear perfiles, en los que cree descubrir indicios reveladores de cada feisbuquero. Como él, todos parecen representantar la estirpe perteneciente a un mundo alivianado, conformado de belleza pletórica y cachondería desbordante, alejado de las tensiones e hipocresías habituales en que efervescen las interacciones humanas convencionales.

Willi se encuentra feliz "reencarnado" en su personaje virtual. Feliz dentro de este mundo tan inasible como fecundo en calenturas. Aquí no actúa como en los estudios de filmación, improvisa con habilidad guiones al calor de la temperatura. Nadie le dicta al oído lo que debe decir. Tampoco sus movimientos se rigen por el gesto de ira contenida del director. *cuando vienes al df?... cuando vengas avisa para darte una recepcion...* Acepta fascinado las reglas del juego. Todas las caracteristicas de su personaje virtual provienen de su invención y desde luego de la usurpación, exceptuando el lugar de residencia, a causa de un inescrutable orgullo chilanguense que nunca antes había sentido en el pecho, y que a la hora de considerar el dato de origen le pareció un imán con rótulo de insinuación. Después de todo qué, ¿no acaso Kevin Modonessi es una ficción que podría ser escrita como ficsión, ficzión o fixxxión, y para el caso sería lo mismo: un personaje del que nadie sospecharía su identidad genuina?

Poseer atributos físicos le había abierto las puertas del mundo del espectáculo sin mayor esfuerzo, pero en el ligue real de tú a tú, sospecha la pertenencia irremediable a la estofa de enanos timoratos, incompetentes para consumar con éxito un cortejo de carne y hueso aunque sea fugaz. Sin embargo, su sorprendente talento para asimilar recursos digitales lo convierte en un experto del gif y el emoticon. Y lo más relevante consiste en el cultivo de una destreza maliciosa para el ligue virtual. Los atajos, las mañas [¿no acaso Kevin Modonessi es una especie de hijo *a priori* de la maña, cuya existencia adquiere forma de las imágenes fotográficas de un colombiano que responde al nombre de Wilber Casaola, a quien se las hurta con otra identidad que responde a su vez al seudónimo de Euforia Tresekis?], ¡el messenger! "¡herramienta looocaaa!", unas veces marco propicio para el tantaeo, otras, espacio para el ligue, con regularidad cuarto oscuro textual y hasta galería de imágenes porno.

Estrictamente prohibido activar la cámara, función proscrita en su código de ética de la clandestinidad. A causa de esta restricción innegociable, afina el instinto para enganchar a cuanto dorso desnudo o posición sexi encuentra a su paso por el feis. La caza resulta infalible ¿Quién se resiste a un *kieresss*? En el chat se suscita el intercambio que prescinde de los enramajes incompatibles con el cortejo franco: *esos labios an de aser maravillas…, todas y mas cariño…* Flirteo virtual a punta de tecla.

Jamás en su vida imaginó escribir tanto. Una colección de acostones descritos con el sinfín de pormenores inimaginables, ofrecen testimonio de una copiosa acumulación de crónicas sexosas. En momentos le aflige el sentimiento de culpa, cuando la sospecha de que sus excesos feisbuqueros lo están condenando a la condición irrevocable de fanático de la promiscuidad. Entonces se dice: Prometo no entrar al feis mañana, ni en el cel, ni en la computadora. Promesa que sostiene adormilado por la mañana frente a las represiones maternales de Sarita-Larrosa.

Su exiguo rendimiento comienza a convertirse en otro valor agregado a la ineptitud. Incapacidad que indigna hasta la congestión biliar a los actores consolidados, en especial a la primera actriz Úrsula Vinoculares, que en últimos años lamenta recibir llamados de excepción para intervenir en papeles menores como, por ejemplo, de abuela moribunda. Pero todos en el set aguantan el encabritamiento al son del proverbio máximo de la sobreviviencia laboral: Ni modo, chamba es chamba. Los galancillos de oropel revientan de envidia por el desparpajo con que el protagonista desaprovecha oportunidades: Yo, en su lugar…, suelen decir. A los directores no les queda otra que soportar al "actorzuelo de pacotilla", obligados por órdenes de productores y jefes de más arriba, quienes leen con signos de pesos el imán arrasador de Willi Levinas. Tienen presente que "carita no mata rating, lo aumenta".

Willi reconoce de forma tácita su prematuro deterioro profesional y físico. Concluye que la solución a su problema la encontrará en la consecución de una pareja formal. No se pregunta las consecuencias o beneficios que tendrá esta decisión en el camino a la fama, tampoco el tipo de persona que conviene a este propósito. Para Willi, el asunto se delimita no a la esfera de lo personal ni lo privado, sino… a lo secreto.

Por la noche llega exhausto a casa. Un baño de agua hirviendo lo relaja, pero no tanto como prodría provocar una dosis de somníferos. Escuchando *No se tú*, intepretada por Luis Miguel, le invade una serenidad excepcional que le dispone el ánimo para reencontrarse con el éxito. Pero, al checar la hora, padece un latigazo eléctrico proveniente de una fuerza de atracción que parece emanar de la computadora. Entonces, sin mediar la intervención del raciocinio, procede a revisar con ansia desaforada todas las notificaciones. Apenas ingresa a la red social, brotan como por generación espontánea los pequeños recuadros del chat que terminan por despabilarlo a los primeros cruces de fuego.

A esa hora de vampiros, las ráfagas de voluptuosidad anuncian la urgencia de la carne. Los largos colmillos expuestos de

Kevin Modonessi también buscan un cuello que pinchar. Emprende un intercambio lúbrico con tres feisbuqueros a la vez. El collage de expresiones intermitentes, cruzadas con el despliegue de imagenes perineales, lo disparan al pináculo de la excitación. Interacción múltiple, hoguera inextinguible de voluptuosidad, que terminará por instalarlo en el centro de un gang bang de ortografía y gramática deficientes, pero inteligible por sus abrasivos mensajes.

La intrusión de los destellos de luz matutina obligó el descenso del clímax, entre expresiones soeces que escapaban sin pudor del chat. Sarita lo encontró sentado en el borde de la cama. Los rasgos del Nosferatu entrando al ataud le revelaron la inutilidad de toda reprensión. Willi nomás musitó: Quiero dormir. Experta en catástrofes de farandula, Sarita puso manos a la obra con la preparación de un menjurje con sabor a expresso recargado, que dejó a Willi más despierto que un vigilia presidencial.

Este día detesta la locación y hasta el guión se le revela como una historia de idiotas. Por primera vez, el trabajo lo padece como el martirio dosificado a través de cada actividad. Al final del día cumplió con todas las aduanas de la agenda. Ya en casa, abomina la computadora y la desconecta de la energía eléctrica. Una vez instalado en la cama, vuelven las misteriosas ondas emitidas, pero, ahora, desde el celular. Willi decide afrontar el afán del encantamiento bajo la resistencia sorda de la cobija. Pero la persistencia no viene de Willi, sino del magnetismo tiránico del móvil que disuade a su alter ego Kevin Madonessi, de permitirse un breve asomo al feis. Tal como venía sucediendo, apenas entra a la red social brotan múltiples insinuaciones a través del chat. Le provoca extrañeza una pregunta por lo demás atípica en el circuito: *¿Cómo te encuentras?* En sus constantes incursiones al feis no recuerda haber leído una expresión atenta. Lo habitual consiste en pasar por alto cualquier saludo o asumirlo de forma implícita en expresiones picantes del estilo: *kieres besitos?*

La sorpresa motiva una respuesta en el acto:

Cansado, fastidiado, siento que me dará gripa —se esfuerza en escribir de manera correcta la respuesta.

Haz de tener mucho trabajo, supongo —revira de inmediato el feisbuquero.

Piensa en confirmar la suposición, sin agregar el detalle relativo al desvelo acumulado de varios días como causa definitiva del agotamiento. A punto de escribir la primera letra aparece el siguiente mensaje: *Deberías salir del feis y dormir lo más posible.* Sorprendido por la sensatez del exhorto, piensa responder cuando recibe un nuevo mensaje: *dn d andas papi, hagamos al rojo vivo lo k asemos en el chat, k t pare c?* Su estado físico y mental lo tiene predispuesto a un arranque de malhumor, sin embargo evita engarzar con el lance. *Tienes razón. Creo que ya me ire a dormir*, contesta al chateador cordial. *No te conozco en persona, de lo contrario, en este momento iría a tu casa a prepararte un té y te daría un masaje relajador, solo para que duermas profundamente, no pienses otra cosa.* Willi-Kevin reacciona con desconcierto ante esta amabilidad chatera. Pero la sensación se difumina en instantes cuando sus ojos leen: *kiero tu lengua aki*, expresión que se acompaña de la imagen de un cuerpo flexionado, que muestra los glúteos abiertos con las manos. El brote de confusión lo impulsa a responder de botepronto: *Gracias, eres muy amable.* El hombre treintañero de barba tupida perfectamente estilizada, devuelve: *Ok, ya no te molesto para que descanses. Que tengas buena noche. Ojalá podamos chatear otro día,* y desaparece del recuadro el nombre de Joel Oropeza. La súbita despedida lo estremece, no sin albergar el caprichoso deseo por continuar la charla con Joel Oropeza, de quien ahora recuerda haber solicitado amistad, estimulado por las fotos de este hermoso hombre que aparece vestido con elegancia y sobriedad, en lugares históricos como museos y antiguos centros ceremoniales. Ignora el *papi, ia t kiero conoser, vamos a 1 antro juntos, t pare c?*, para revisar de inmediato la página de Oropeza, donde confirma la nula proclividad por la estridencia joteril y una escasa actividad feisbuquera reciente, acaso un par de imágenes con amigos compartiendo café o algo parecido. Sale del feis ignorando una lengua obscena que se hace acompañar de un mensaje lascivo, donde le piden con urgencia un encuentro tres equis *por lo menos virtual*. Kevin, mejor dicho, de Willi, una vez dentro de las cobijas imagina un encuentro grato pero no menos excitante con Joel, en un lugar discreto y alejado de las pasarelas habituales de los exhibicionistas.

Duerme ocho horas sin interrupción (entre sueños románticos que deslizan hacia lo sexual), lo que le proporciona la energía y excelente humor que se requiere para enfrentar un largo día de actividades. Firma todos los autógrafos que le solicitan los curiosos que rondan la locación, esta vez en una calle apacible de la colonia Clavería, donde el equipo de filmación irrumpe la quietud veraniega de este tradicional barrio citadino. Una vez concluidos los compromisos laborales del día, rechaza la invitación al brindis de aniversario de Gina Sanromán, pretextando la hospitalización inesperada de su madre. También rechaza la invitación de Sarita y Larrosa para devorar unos tacos al pastor, con la increíble justificación de la necesidad de un descanso reparador, que le permita llegar con brío a la grabación del último capítulo de la telenovela. Al despedirse de sus colaboradores en la entrada del edificio, Sarita lo felicita: Trabajaste muy bien, hijo. De seguir así, pronto serás una estrella por méritos propios, dice convencida y cariñosa, aunque a Willi le asalta la duda acerca de si su hechura de galán determina "el mérito propio".

Busca de inmediato a Joel en la red social. La espera se prolonga una hora, tiempo en que ignora a los navegantes concupiscentes del feis, mientras mira suspendido el recuadro inactivo del chat. Resiste la caída de los parpados hasta la obcecación. Aparece el mensaje esperado: *¿Cómo sigues Kevin?* Reacciona cual receptor involuntario de un cubo con agua fría. Se recupera de la estupefacción y devuelve la respuesta: *De maravilla, ¿tú como estas?*

La intensidad del intercambio de temas devora minutos de la madrugada. La nula insistencia e insinuación sexual despierta en ambos un deseo caracoleante que no se atreven manifestar. Uno al otro corresponde las muestras de urbanidad y lee con atención cada pasaje de sus vidas. A petición de Joel, que dice no desear una recaída de Kevin a causa de un nuevo desvelo, intercambian las palabras finales:

Eres bastante agradable....

Tú eres increíble Joel...

Los puntos suspensivos concluyen con lo siguiente:

...y hermoso.

Tú también —responde, Kevin, sin dudar.

Con este cruce de reconocimientos mutuos se reactiva la conversación siendo las cinco de la mañana, culminando una hora después con los pestillos crujiendo, como aviso de la llegada de sus asistentes. Justo cuando se abre la puerta, alcanzan acordar el compromiso de una cita de carne y hueso al día siguiente.

El termino de la grabación de la telenovela culmina con un reventón de toda la noche. El protagonista, ahora convertido en estrella de la pachanga, acepta gustozo todos los brindis que ofrecen los compañeros. Entre colisiones de copas a lo alto y felicitaciones no exentas de burdas lisonjas, evade los lances de las colegas que ven en él la próxima estrella que cotizará en las altas ligas del firmamento. Consigue quitarse de encima los mimos etílicos de la respetada productora Regina Cabrola, so pretexto de un fuerte malestar estomacal que lo obliga a visitar con regularidad el baño. Sentado sobre el excusado, busca a Joel en el *messenger* para cancelar el desayuno acordado para la mañana siguiente. Esta primera informalidad de Willi en su papel de Kevin, recibe de inmediato una muestra de comprensión a prueba de desaires, por parte de Joel. Se comunicarían para acordar la nueva cita. Antes de despedirse, de ultimo momento, Kevin sugiere encontrarse a las seis de la tarde del día siguiente, en la esquina de Porfirio Díaz e Insurgentes, en el Parque Hundido.

En la recta final del convite, la productora le hace un

ofrecimiento tan copioso en paga y proyección, como las adiposas mejillas que le recarga con tufo alcohólico en el pecho. Termina el festín cumpliendo las formalidades del caso: compartiendo con todos, devolviendo cada "salud", como epílogo de alguna anécdota surgida en las semanas de grabación, y, desde luego, agradece al director la paciencia y la enseñanzas compartidas, que serán de inmensa utilidad para el despegue de su carrera. A las cinco de la mañana la productora sentencia: Tú te vienes conmigo, le ordena, tambaleante y cogiéndolo con fuerza del antebrazo. Regina Cabrola, convertida en vieja loba de mar, sabe que tiene cogida la sartén por el mango: el ofrecimiento de su próxima producción constituye una oferta a la que ninguna estrella en ciernes podría negarse. En reciprocidad, Willi pide brindar por el acuerdo que la semana próxima rubricarán en las oficinas de la televisora. Les sirven otro par de tequilas que beben al hilo, luego otros... y otros. La columna vertebral de Regina Cabrola termina soportando, inclinada a noventa grados, sus cien kilos de ebriedad somnolienta. Detalle que aprovecha Willi para salir corriendo, justo cuando la mano derecha de la productora suelta el caballito con el tequila.

La ilusión del encuentro facilita un descanso reparador que lo deja en inmejorable condición para la tarde. Desde cinco minutos antes de la hora, subsiste con un desquiciante ataque de ansiedad, magnificado por la especulación respecto al arribo de Joel. Transpira profusamente, como parece emularlo su ritmo cardiaco por dentro. Sale del ensimismamiento cuando una chica llama su atención para rogar un autógrafo. Deseaba pasar desapercibido como uno de esos árboles frondosos que habitan la esquina. Ahora entiende que la fama obliga a pagar el altísimo precio de la extinción del anonimato. Escribe la dedicatoria pensando que al momento de avizorar a Joel, se le acercaría para presentarse y explicarle la mala jugada de la usurpación de personalidad. Esto, como preámbulo absolutorio, que permitiría justificar su genuino interés por Joel. Pero nuevas transeúntes lo identifican y el caos comienza a cundir en esta esquina del movimiento. Rodeado de efusivas solicitantes de autógrafos, entre las que no falta la que aprovecha la oportunidad para toquetearle las nalgas, el metro ochenta de Willi le permite erigirse en torre. Firma garabatos ilegibles, sin perder de vista a los sujetos que lo observan de manera furtiva. Entre rúbricas y dedicatorias mal escritas y repetitivas, sus ojos anhelantes cruzan con el destello de una mirada afable que responde al enfoque. Es él, lo grita su corazón y lo confirma la vibración emanada del iris que converge con el suyo.

Entre nuevas fanáticas que le impiden el movimiento, cree identificar la señal inconfundible de la cálida luz de las pupilas de aquel hombre discreto, que comienza a retirarse desplazando lentamente su silla.

Los fines y los medios

A mis sobrinas:
Camila, Erandi, Gaby, Mariam, Natalia

Creeme. Soy totalmente pacífica. Siempre tranquilita, en el dalay. Cero pleitos. De veras. Con decirte que en la secundaría ni siquiera se metían conmigo las *bullies*. Ni amiga, ni enemiga de las liosas. Nunca he sido chica de grandes virtudes, tampoco de vicios. Ni de las más bellas, ni de las tan feítas. Tú me entiendes, ¿verdad? Tampoco soy una nerd ¡eh! Nunca he sido de las cerebritos de la escuela. Siempre esmerada por cumplir con las tareas y cuando se trata de estudiar para los exámenes no escatimo tiempo, ni dedicación. Tampoco soy de excelentes calificaciones, aunque burra burra ¡para nada! Soy de ochos. A veces poco más, a veces menos, pero, por lo regular ni nueves, mucho menos dieces y evito los sietes.

Estoy contenta con lo que soy. No protagonizo, pero tampoco soy invisible ¿ves? Formo parte de los grupos de amigos en calidad de una integrante más, es todo. Así estoy bien.

Todas mis amigochas, hasta las más santurronas, ya experimentaron aventuras de todo tipo con chicos. Por lo menos poseen un novio en su *curriculum*. Yo nomás me complazco escuchando sus historias, con sólo oir sus relatos me doy por satisfecha. En verdad, no me pica el aguijón del amor, menos el de la calentura ¡cómo crees! Cuando nos reunimos para ponernos al tanto de los últimos capítulos de sus telenovelas personales, no faltan las amigas que disfrutan las historias como si presenciaran las escenas al rojo vivo. Se fascinan con cada narración. Ni se diga con las descripciones tres equis que nos confidencian. Yo nomás participo desde la discreta posición de escuchadora que disfruta de la emoción ajena. No te digo que permanezco indiferente al aguijoneo de la tentación. Claro que mi imaginación a veces vuela bastante alto sin mi permiso, entonces nomás me dejo llevar por esas imágenes que provocan una sabrosa agitación. Al término de las narraciones el cosquilleo mental desaparece y yo vuelvo a la normalidad.

Mi mamá se encuentra preocupadísima por mi supuesto desinterés en los novios. Ha llegado al grado de aplicarme (según ella, de manera discreta) una especie de test sicológico disfrazado de preocupación maternal, para sacarme la sopa acerca de mis preferencias sexuales ¡¿Puedes creer?! Ni a novio llego y mi madre ya me hace revolcándome en harina para tortilla. Se pasa mi madre. Qué oso, ¿no? Cuando me percaté hacia donde apuntaban las insinuaciones sentí que convulsionaría de un ataque de risa, pero no de cualquier risa, ¡no!, de una risa desquiciada, incontenible.

La verdad es que mi mami es bien linda. Entiendo sus

preocupaciones, sus temores, y por supuesto no la lastimaría con una burla, ni con alguna grosería. Siempre ha sido linda y cariñosa. Una mama con eme mayúscula, pa´ que me entiendas. Así que me aguanté las ganas de soltar carcajadas y puse cara de seriedad que apela a la confianza.

 El problema es que mamá se toma mis asuntos como personales. Solía jactarse frente a sus amigas de mi personalidad poco proclive a las *party´s*, pero luego de aquella charla entre mujeres, hasta me consigue fiestas y ofrece que no me preocupae por la hora de llegada, ¿puedes creer? Por supuesto que me gustan las pedas, cómo no me van a gustar. Lo que sucede es que como no bebo, ni fumo, ni me drogo, y casi no bailo…, y como además los chicos prefieren dedicarse a ligar o consumir todo tipo de sustancias, pues me aburro un poco. Mis amigas, todas bien monas, recorren estas pasarelas con actitud de que no las merece nadie de esta tropa de galanes de quinta, pese a que algunas de ellas encontraron en el amor desechable una especie vocación de vida. Mientras tanto, se comportan como celebridades rodeadas de una masa de fansruegaautógrafos.

 Me divierto muchísimo registrando mentalmente el curso de las fiestas. Algunas ocasiones inclusive he contribuido con la discreta función de cupida, en forma poco convincente, por lo obvia que me muestro. Cuando los chicos notan que una chica anda tras él, se suben a una nube que les provoca vértigo y entonces más se hacen del rogar. Eso sí, cuando va a terminar la fiesta y la chica que lo pretendió se encuentra ligando con otro, se comportan como taraditos arrepentidos. Para mis amigas esto es señal de que llegó la hora del desquite. Las más canijas, las valientes, las más experimentadas pa´ que me entiendas, hasta se exhiben cruzando manoseadas a la vista de todos. Lo que es un decir, por que no lo harían así de impúdico si el objetivo de su venganza no estuviese a unos pasos de distancia. Yo nomás veo cómo se desquitan hasta provocarles arrepentimiento. Lo común es que le suban la temperatura al agasajo "para que vean lo que se perdieron", como dicen mis amigas. Pobre del chico si demuestra frustración o impotencia y aún continúa en el lugar, porque le espera lo peor: Ver que se retiran juntos, o, si hay una habitación disponible, mejor. Los chicos nomás parpadean tambaleando de ebriedad, sintiendo cómo la estaca perfora lentamente su orgullo.

Mis amigas siempre salen victoriosas de las fiestas. Y, como de costumbre, a la primera oportunidad platican su versión de los hechos con detalles incluídos, ¡por su-pues-to! Pero los chicos son de lo peor, para qué más que la verdad. Unos auténticos jijos que convierten en *vox* populli las intimidades de las chicas. Que la celulitis de Maite —apenas unos cuajos diminutos, imperceptibles—; desgracia, todo mundo se entera. Que las pantorrillas de Jaqueline; la joden con que es "Hilos de Oro", por su color canela. Uuuhh, ni qué decir de la complexión llenita de Mayrin, no-se-la-aca-ba. Pobre May. Tiene un cuerpazo, envidia de la buena de todas nosotras. Pero ya ves cómo son los hombres de hoy. Ella es como una representante en versión contemporánea de las rumberas del siglo pasado. Ninguna de nosotras le hace *bullyng* por sus carnes. Al contrario, admiramos las caderazas tan bonitas y bien delineadas que tiene. No le sobra ni le falta nada, está perfecta.

¿Puedes creer que los hombres le apodan La Botijas? De veras se pasan. Por cierto, nos enteramos que a Ingrid Santos le apodan "con cariño", como ellos dicen, Ingrid Zancos, por aquello de que cuando se pone zapatos de plataforma parece que anda sobre palos. Que ni se entere su papá, porque los obligará a tragarse sus bromitas.

Lo peor del asunto es que durante un tiempo se dedicaron a escribir estas sandeces en el feis, ocultos bajo una cuenta que responde al nombre de Erick Palazuelos. Ya te imaginarás que todas, hasta yo, ¡lo aceptamos como amigo! ¿Quién no quiere tener como amigo a un cuerazo de ojo verde y cabello rubio y cuerpo de gym? Pus a´i vamos de loquitas aceptar a Erick de amigo. Al principio todas —excepto yo—, se le insinuaron en el feis, haciéndose las simpáticas bonitas y subiendo fotos de lo más obvias. El tal Erick actuaba como si..., ¿cómo le llaman los politicos al acto de aprobar los nombres de quienes seran candidatos a diputados y senadores?... Eso, eso. Te decía. El tal Erick respondía en el feis como si palomeara cada imagen u ocurrencia tendiente a seducirlo. Y mis amigas soñadas. A todas les respondía con piropos y halagos. Expresiones obvias, si tú quieres, pero que venidas de este galán sabían a miel pura. Como estábamos en la baba tardamos en darnos cuenta que se trataba de una broma. Con el paso de los días fuimos sospechando que los piropos llevaban doble sentido. Pero mis amigas dudaban que fueran objeto de una broma pesada que las exhibiera como unas resbalosas e ingenuas. Cuando de plano los halagos se volvieron descarados —primero, en forma de bromas, luego, en groseras expresiones que habíamos escuchado de los chicos—, se desvaneció el sueño para dar lugar a la realidad.

Intentaron disculparse fingiendo el numerito de la solemnidad. Ingrid no se contuvo el coraje. Cuando los encontró juntos se les avalanzó a patadas y manotazos. Pero éstos echaron a correr muertos de risa. Las chicas no querían ni salir a las *party's*. En resumen, nos ausentamos de las reuniones sociales durante unas semanas.

Tal vez porque en lo personal no fui victima del escarnio pude pensar con la cabeza fría. Ya sabes, la prudencia femenina está sembrada de tabús impensables de mover, hasta que una causa, una vivencia desafortunada, por ejemplo, detona estos estorbos y obliga a tomar decisiones valientes. Enviamos solicitudes de amistad a todas las amistades del feis de los chicos. En unos días recibimos las aceptaciones y con ello ampliamos el círculo hacia donde enfocaríamos el ataque. No te creas que íbamos a ejecutar una idea maestra, el plan no era gran cosa, la verdad. Lo importante era desquitarnos un poquito para no dejar la afrenta sin justicia ¿me entiendes? Los comentarios debían apegarse al criterio de no dar muestras de enojo. Todo buena onda: *hahaha*, laiks en todo momento, expresiones simpáticas para todos los posteos y así por el estilo. No es que no lo hiciéramos de manera habitual, recuerda que traíamos un coraje del demonio y este sentimiento nos podría traicionar en cualquier momento. Por esta razón debíamos mantenernos muy cuidadosas en nuestra conducta feisbuquera ¿me entiendes?

El primer zarpazo lo soltó Mayrin, que no se aguantaba las

ganas. Lo escribió en el feis de Osvaldo, cuando éste salió de viaje a Mazunte con sus amigos:

Oswal, t extraño, aunque sean más prolongados ts bostezos

Una vez lanzado este primer comentario seguimos en cascada el ataque. Ataque pandilla, tu sabes:

Por algo tienes el número 3 en la playera de tu equipo favorito jajaja por k apenas si aguantas 3 sgds.

el tres d la mala suerte hahaha

vas mejorando, antes aguantabas dos segundos

Expresiones del tipo que provocaron desconcierto en el feis. Hubo quienes simpatizaron con el tono de las expresiones y escribieron una larga hilera de signos de interrogación. Otras, emoticones de risitas. Otras, seguían el estilo de la broma con expresiones jocosas. Y así por el estilo. Apenas era el comienzo, nos faltaban tres y debíamos darnos prisa antes que los chicos checarán el feis. Teníamos presente que su estancia en Mazuntle dificultaría el uso del internet.

Tocó a Maite soltar el primer arañazo:

Si no lo digo m traumo: El beso más desagradable d mi vida fue contigo. Guacala!! ts excrementos los contienes en la boca, horror!!

Si vieras cuánto nos divertimos ingeniando los siguientes comentarios. En verdad nos moríamos de risa. El mensaje de Maite venía acompañado de un meme horrible que aludía al mal aliento de un chico y la animadversión que provocaba en las chicas. Siguió Ingrid, en plan inclemente:

Lamento tener k decirlo. Cuando m hablas d frente, o contengo la respiración o discretamente dirijo la cara a otro lado. Lo siento. Hay críticas constructivas, No lo olvides!!

Luego Xime:

No es mala onda Leo, pero existen los cepillos dentales, hay dentistas (el mio es buenísimo t lo recomiendo), o en últimas visita al gastroenterólogo, por lo menos Leis.

Mayrin:

Estaba pensando k regalarte d cumpleaños, sosa bucal o un cepillito con cerdas metálicas, k prefieres?

Las chicas estaban im-pla-ca-bles y a la vez felices por la venganza. Y más se ponían súper contentas cada vez que alguien nos seguía la onda. No faltó la primita indignada que salió en defensa del familiar consentido. Tengo que aceptar el pecadito, pecadititito ¿va?, de haber sugerido que también le respondieran a la primis ¡Uh! ¡Nunca lo hubiera dicho! Pobre de la primis, se le fueron a la yugular con todo. Imagínate que te escribieran en el feis: *No t hagas, si le conoces hasta la caries.* O, con total descaro te dijeran: *Si no t has dado cuenta ha d ser por k padeces el mismo problemita manis.* No faltó el latoso que estaba al pendiente de la embestida y citó el conocido refrán que dice: *A la prima se le...*

Ay, amiga. Yo estaba que me arrepentía por haber fraguado este pequeño escarmiento. Nunca en mi vida había cometido una travesura tan abominable, es más, ni siquiera una inocente diablura, si es que existen las diabluras inocentes ¿verdad? Comencé a sentirme fatal. Hasta me asusté, pues me desconocí por completo. Pobre de la prima. Yo tan linda, decente y bien portadita, y ahora me veía como la autora de una venganza. ¿Te imaginas? Pero esto no es lo peorrr. ¿Puedes creer que las chicas me preguntaban qué comentario escribir? Por más que intenté no involucrarme en otro asunto que no correspondiera a mi función, ya había ganado fama de mente perversa y las circunstancias demandaban responder a la situación.

Te confesaré algo: Hasta antes de nuestra venganza —ya la había hecho mía, ni modo, qué le voy hacer—, a mis amigas las tenía en un concepto de chicas superpoderosas. Siempre habían demostrado ser valientes, avezadas en cosas de la vida, andaban sin miedo en los peligros de la calle. Las tenía en concepto de líderes para cualquier propósito que emprendieran. Esa imagen les venía bien. Yo nomás las seguía en la retaguardia porque eran mis únicas amigas, no tenía otras con quienes convivir, si hubiera tenido la oportunidad de elegir otras amigas más en mi onda… ¡Bah! Me estoy autoengañando. Estas chicas son lo máximo, las adoro. Después, las admiré porque sus travesuras despertaban en mí una curiosidad que lindaba en el morbo. Las diabluras que hacían jamás las había vivido de forma tan directa, ¿me entiendes? Con mis amigochas como que la vida me llevó a otra cancha, ¿me entiendes?

Le pusimos la mano encima al teto de *Andresito*. No tanto porque fuera más grosero que los demás, ¡para nada! Todos brillaban con luz propia por pesadotes. El correctivo resultó consecuencia natural del estado de ánimo de las chicas. Me explico. Luego de la divertida que nos estábamos suministrando con Leo y Osvaldo y con la prima, como que ya habíamos entrado en calor ¿me entiendes? Queríamos sangre, más, mucha sangre. Maite no tuvo compasión al momento de soltar el disparo. La fotografía de perfil de Andresito, mostrando el abdómen retocado con photoshop y cejas depiladas cuidadosamente, constituyó el pretexto idóneo para la siguiente ráfaga.

Ay, Andresito, de k t admiras, ci ni a cachetes llegas
Ingrid:
Se prestan pompis.
Mayrin:
uy, seguro tamb t las vas a phtshopear?

Alguien se mofó con aquello de *eres gay?* y surgió un fenómeno extraño, porque con esta pregunta comenzaron a participar otras chicas que suponemos también habían sido blanco de sus groserías. El tono de las quejas tenía que ver con algún tipo de agravio recibido, puesto que todas reclamaron que la imagen del perfil no correspondía a *su* realidad, es decir, a la realidad de Andresito. Prueba de ello es que no había ninguna otra fotografía semejante en el historial, ni siquiera algún acercamiento al rostro. *es de mentis!*, exclamó una chica. Ya no hubo quién las detuviera y nosotras nos hicimos a un lado. *C maquilla mas q yo… tienes el abdomen más flácido que he conocido…. stá fofo…*

Nuestra venganza se expandía como círculo en el agua. Lanzábamos la piedra y al instante producía simpatías el cobro de facturas a los sinvergüenzas. Nuestra fama adquiría dimensiones inesperadas que se traducían en una especie de autoestima elevadísima. Ni cuando las chicas subieron sus fotos más sexys tuvieron semejante popularidad, hubo ocasiones en que sólo entre nosotras nos likeabamos. Con el desquite recibimos bastantes demostraciones de aceptación, desde risas, emoticones, incontables *like´s*, inspirábamos comentarios, algunos ingeniosos. Quizá esta simpatía manifestada en el feis se traducía en una forma de solidaridad con la causa justiciera de las mujeres ¡Aaaaah!, que feminista me oí, ¿verdad?

Como dicen las artistas: Gracias al apoyo del público tendremos una nueva función. Ya no más nos faltaba Javi, el fortachón de esa pandilla. Dizque jugador de fútbol americano. Un pesadito de primera, como todos sus amigos. Con Javi decidimos bajar el volúmen debido a que el sentimiento de culpa nos estaba sacando de onda. La venganza estaba saliendo de nuestro control y comenzamos a creer que el castigo estaba yendo muy lejos. No se merecían una lección tan agresiva ¿no crees? Así que para no dejar cabo suelto, le daríamos su merecida repasada, pero evitando los excesos de las anteriores. Cuando pensábamos qué postear, Ingrid recordó la ocasión que Javi le sirvió un vaso con cerveza espumosa que contenía un escupitajo de su asquerosa garganta. De no ser por sus amiguitos que padecen la incontinencia verbal de las chismosas, Ingrid no se hubiera enterado de esta grosería. Ya te imaginarás. El recuerdo renovó el ánimo justiciero del grupo, y, como si de una orden inquisitorial se tratara, Javito no podría salir ileso de esta guerra. Nuevamente fieras clamando sangre. Y, de una buena vez, en manos de Ingrid empuñamos la estaca:

ste rudo que ven lo tiene r t chiquito, m consta, escribió debajo de una foto que conservaba de él, en la que se erguía orgulloso sin el casco de protección al final de un partido. *Aora ntiendo x q le dcian el miniatura,* soltó otra. La botana se puso en grande, ni cómo contener la lluvia de ocurrencias del respetable. Provocamos que saltaran al ruedo dos ex súper locas que concitaron más burlas con aquello de *ni con lupa*. Y, luego, otra: *lupaaaa! ni con microscopio, honey*. Chistosísimas, hubieras visto. Nosotras muertas de la risa...

¿Qué te pareció el mega oso?

Debo reservarme algunos detalles, ¿me entiendes? Evítame la pena. Bueno. Te daré una pista, solo una. Cuando comenzó esta historia, mis amigas estaban por completo ciegas de rabia — recuerda que Ingrid se lanzó a golpes contra los chicos—, eran la encarnación del furia. Lo noté la tarde que dedicamos a intercambiar opiniones para el plan de ataque. La verdad es que mis amigas no daban una, todas sus ideas resultaban obvias por completo. Interpreté su emoción, ¿me entiendes?

Oficina

A Hugo Meza

El área a mi cargo cumple una función complementaria, pero imprescindible para la realización óptima de las tareas diarias de la empresa. A causa de la asignación en el organigrama, los compañeros de otros departamentos insisten en tratarme como un subalterno comodín. Si las computadoras funcionan sin interrupción, entonces creen que la paso rascándome la entrepierna. Peor aún, consideran que me encuentro disponible para realizar cualquier otra actividad. Por ejemplo, hace unos días me pidieron que saliera a la tienda a comprar unas chatarras dizque para sobrellevar la mañana. La petición —expresada con tono imperativo— la comunicó en mi oficina el Gerardo, un chalán arrastralápices del departamento de contabilidad, recién ingresado. Por buena onda estuve a punto de cumplir el favor, después de todo tenía ganas de hacer saliva y no traía chiclets, pero como recibí el llamado imprevisto de la jefa para atender una eventualidad, resultó imposible atender la encomienda.

De vuelta a mi oficina, caminando a unos pasos de la cueva de los contadores, escuché de refilón las expresiones soeces con que dirimían una apuesta acerca de si iría o no por las chucherías a la tienda. No advirtieron mi presencia, ni se enteraron que tuve conocimiento de las carcajadas suscitadas por el escarnio. No soy una persona resentida, vivo en paz conmigo. Esto me proporciona la tranquilidad necesaria para sobrellevar la intereacción cotidiana en el trabajo. Pero, al momento que agregaron a la lista de calificativos el mote de "andobas", preferí correr a refugiarme en la oficina y esperar que cediera el encabronamiento a consumar un desvarío. Nunca pierdo de vista que el trabajo es como una segunda casa que debe cuidarse como la propia ¿no?

Que la nueva recepcionista no le agarra la onda al programa para registrar y canalizar visitas, corro solícito asistirla y repetirle de forma didáctica los pasos del procedimiento. Que la mera mera se atoró en el programa que utiliza para diagnosticar la productividad de la empresa, ahí estoy, presto a colaborar en todo lo que solicite. La jefa lo sabe mejor que nadie ¡Quince días en su despacho cuando el corporativo renovó todo el sistema de cómputo! Hasta el café le servía. La severidad le desapareció del rostro cuando advirtió los beneficios que le traería esta nueva herramienta, al disponer de información actualizada para evaluaciones rápidas y sencillas, que le resultarían de gran utilidad a la hora de tomar decisiones. El abrazo con que correspondió esta satisfacción abrió la puerta para su amistad... y bastantes envidias. En adelante, las consideraciones a mi persona resultarían el terrible estirón de soga de cada día.

Carecer de interés por socializar ha traido presiones innecesarias que complican a diario mi estancia en la empresa. El problema surgió por mi negativa asistir a la cantina con los compañeros. Rehuir la bebida ha significado desestimar el nexo quizá más apreciado por los empleados, puesto que el acto de estrellar los vasos equivale a convertirse en algo semejante a un compadre. Puede que también mi desinterés por el fútbol represente una atenuante quizá más grave que mi rechazo de la bebedera. ¿Qué decir de las virtudes del Chicharito cuando apenas conozco de su existencia por la publicidad? Supongo que es un jugadorazo.

Ni sidra bebo el fin de año. Un padre que culminó su vida vomitando el último trozo de hígado que le quedaba nunca es inspiración para beber. Atestiguar álgidas borracheras que tenían como consecuencia la nula actividad al día siguiente, es poca cosa. Presenciar el paso de lo ocasional a la recurrencia y luego a la permanencia, con los condimentos infaltables de las golpizas, música a volumen alto toda la noche y presenciar escenas inmemorables, no constituye un aliciente para descubrir los secretos del alcohol. Curiosamente los largos despeñaderos etílicos de mi padre solían comenzar con el fútbol. Pierda o gane el equipo de sus amores, con sus amigos se entregaba a la congruencia futbolera del chupe. Estas percepciones de infancia me volvieron inmune a la tentación de la bebida.

El día que respondí a su invitación con un: No bebo, gracias. Voy al cine, los invito, las risotadas se escucharon hasta la base de los taxis. ¿Cómo entablar relaciones de compañerismo cuando no se comparten gustos? No faltó el boquiflojo que comunicó a la recepcionista que mi negativa resultó objeto de burla durante aquella parranda.

Durante dos años estuve privado de amistades en el trabajo. La verdad es que me doy por complacido con la efímera dicha que proporciona el intercambio de saludos y despedidas. Un día recibí como ayudante al sobrino de uno de los dueños de la empresa. Se me encargó la misión de enseñarle a trabajar. En voz del administrador, Fabrizio poseía vastos conocimientos en computación. Como referencia profesional —dijo que le dijeron—, informó: No hace otra cosa que estar frente al teléfono o la computadora todo el día. Fabrizio nomás pronunció su nombre y se aplastó en el asiento frente a la computadora para no levantarse durante todo el horario de trabajo. No se levanta ni para darse un estirón, ni para ir al baño, que va. Tampoco habla. Flexiona una posición encorbada con la que resalta un abdómen descomunal y asume una actitud abstraída de gran concentración. Desde el primer día intenté enrolarlo en el ritmo de trabajo explicándole pequeñas cosillas que aplicamos en la empresa. Ni se inmutó. Ni siquiera interrumpió por un instante la hipnosis que sostenía con la computadora. Creí entender el papel del nuevo colaborador: Sencillamente los padres de Fabrizio no encontraban forma de sacudirle el polvo, sino obligándole a trabajar en la empresa del tío. Ésta era la auténtica razón de su presencia. Teniendo en cuenta este propósito, decidí no interrumpirlo con más insignificancias y ni el saludo de los buenos días le externaría.

Desde su llegada ignoró por completo los asuntos del

corporativo. Cuando constaté que ni siquiera consultaba la comunicación interna, quedé convencido que mi potencial aliado semejaba al hombre invisible. Semanas después, cuando la costumbre comenzó a ganar terreno sobre la novedad, recibí con sorpresa la aceptación de mi solicitud de amistad que días previos envié a su feis. Increíble que un zombie diera muestras de consideración. A partir de aquel día descubrí otra persona, pero dentro del mundo del feis: Un tipo tan vivito y coleando, que inclusive responde al instante el saludo de buenos días y con emoticones, gif, calcomanías y demás recursos. Desde entonces somos más amigos que compañeros. Amigos virtuales, digo, compañeros en el silencio de estas cuatro paredes.

Esta migaja de comunicación representó bastante en mi condición de apestado. Por aquellos días sucedían cosas no muy gratas. Si los abogados solicitaban apoyo para sacarlos de un bache, cuando llegaba al departamento jurídico el problema había desaparecido. No desconocía la probabilidad que el llamado tuviera como fin hacerme una broma para distracción y desaburrimiento de los abogansters, las expresiones de guaza confirmaban este oculta intención. Aún advirtiendo las malas jugadas, solía echarlas de menos. El tener una especie de consuelo en la compañía del Zombie, ha resultado de gran utilidad para sobrellevar estas desavenencias. Suelo contarle estas contrariedades a través del *messenger*, pese a que él limita sus respuestas a un escueto *no les hagas caso*, o expresiones del estilo tendientes a minimizar el asunto, y luego procede a invitarme a checar el post recién subido. Así es como la compañía de un muerto viviente vino a representar un alivio en mi supervivencia laboral.

Para no amargarme la vida y olvidar pronto los disgustos, comencé a distraerme de las tareas habituales echando vistazos a las ocurrencias feisbuqueras del Zombie. Conozco esta red social antes que su uso se generalizara en México. Para cuando los nuevos adeptos nacionales descubrieron el encanto de la evasión rutinaria, que los transformó como por obra de hechicería en feisdependientes, esta herramienta dejó de resultar un acontecimiento en mi tiempo libre. Me convencí que la insaciable curiosidad en bagatelas, refleja involuntariamente la declaración de principios de los usuarios habituales, porque entregar el alma al feis, teniendo a la mano la infinidad de temas increíbles en el internet, denota el síntoma de una obsesiva inclinación por lo irrelevante.

Continúo pensando lo mismo. O eso creo.

¡Y vaya vueltas de la vida! Heme aquí, conectado de tiempo completo para poder comunicarme con un zombie cibernético. Sin querer me he percatado de los cientos de amigos virtuales con quienes interactúa felizmente a la menor provocación. Para el Zombie soy uno más de la lista, una amistad irrelevante, sin chiste, que no aporta interés alguno. En el mejor de los casos, un vecino a quien le dispensa una cortesía diplomática a través del único canal pertinente, es todo. Por el contrario, él representa uno de los trece nombres que forman parte de mi exclusivo círculo de amistades, conformado principalmente por infantes de la familia que postean animes japoneses o primos fanáticos del fútbol, que utilizan la red para proclamar al universo virtual su amor por un equipo. Tampoco falta la sobrinita sexi que tiene como portada una pose que le sobredimensiona las bubis, bubis que en la realidad apenas si sobrepasan dos diminutos montículos con pezones.

¿Qué ves Zombie?, lo distraigo con la pregunta. Al instante responde, pero por el messenger: *temas muy interesantes, cavernícola, checa*. Expresiones del estilo han contribuido a que nuestra relación evolucione a mínimos de confianza.

—¡Mira, mira! —expresó con voz, de forma inusual.

Ante lo extraño del llamado, corrí a situarme frente a su monitor, donde atestiguaría la imagen de una exuberante beldad en traje de baño, que enviaba un provocativo saludo a este zombie del feis.

—¿Qué te parece? —preguntó, rebosando entusiasmo.

—Eeeeehhh… —Bueno, yo me encontraba perplejo por la reacción homo sapiens de mi compañero.

—Verdad que´stá buenísima —aseveró, sin dejar de apreciar la imagen

—Es be….

—La estoy ligando. Es colombiana —aseguró, orgulloso de restarle incertidumbre al futuro.

—Aaahh…

—Tiene varias amigas —¿Y a mi qué?, pensé en silencio—. Vamos a Colombia en junio, ¿te gustaría?

—Por qué no. Puede ser —tanteé.

—Ya está. Le voy a escribir que en tres meses nos vemos en la tierra del difunto Escobar —concluyó, mascullando un "ji ji ji".

Eyyy linda!! te visitare con un amigo en junio!! ok???, escribió con entusiasmo el ya no tan zombie. Tuve la curiosidad por conocer la respuesta. *De veras mi amor??* Confieso que esperaba una afirmativa simple, ñoña y poco convincente. Pero atestigué de inmediato lo siguiente: *Mi amor, activa la cámara, quiero ver que me lo digas.* Presto, el Zombie presionó las teclas y en unos instantes apareció la imagen sensual de la muchacha, vistiendo ropa deportiva que definía con precisión su cuerpo curvilíneo. Permanecí a lado del Zombie, a una distancia suficiente para evitar el ángulo de la cámara. Pero al primer intercambio me cogió con brusquedad de la camisa para obligar mi presencia frente a la pantalla.

—Te presento a mi mejor amigo —¿qué le pasa a este loco?, pensé, un tanto conmovido por la afirmación.

De pie frente a la cámara esbocé una sonrisa titubeante.

—Hola. ¿Cómo te llamas? —preguntó, cantando las palabras, detalle que casi me acalambra del cerebro.

—Pepe, se llama Pepé —intervino el Zombie

—José Gutierrez, para servirle señorita —dije en alcance y proseguí—: Puedes decirme Pepe.

—Muscho gusssto. Te diré Joss —pronunció mi nombre con i-griega—. ¿Te agradaría?

—Así me dice esteee... Fabrizzio —expresé, sin tener conciencia de mis palabras.

—¡Aayyy, mi a-mor! ¡Otra coincidencia! Nacimos el uno para el otro, mi vida —y acercó los labios a la cámara para enviarle un beso.

Mientras permanecía cautivado con la beldad colombiana, un discreto aventón me indicó la retirada, justo a tiempo para atender un llamado del departamento contable que no me hizo gracia. Fue la primera vez que detesté en conciencia asistir a los contadores. Desde que sonó el aviso de alarma en mi computadora, una sobrecarga de peso se distribuyó en cada músculo de mi cuerpo, como renegando de las órdenes poco convincentes que enviaba mi mente. Lo que en otras ocasiones activaba una estimulante dosis de adrenalina, ahora, la ausencia de incentivo disponía la resistencia a generar las descargas eléctricas que codificaban órdenes de movimiento. Arrastré mis pasos con la ruina de un párvulo incumplido que espera la llegada del padre regañón. Subiendo los primeros escalones tuve la claridad de un presentimiento ominoso que depararía a mi llegada a la oficina contable. Cuánto deseé volver a los momentos previos frente al monitor del Zombie. Ahora entendía que pese a la frialdad e indiferencia cada vez menor de mi compañero, con él no corría riesgo de una mala jugada. ¡Caray, cómo no me llama de urgencia la jefa!, rogué viendo la dureza insólita de los escalones. ¿Y si caigo de las escaleras para luxarme un tobillo? A cada paso me consumía la sensación oprimente de la duda. Los escasos cuatro metros que separan el rellano del departamento de contabilidad los padecí con la invasión de terror jamás experimentado en mis treinta y cinco años. Es probable que los condenados a muerte sintieran lo mismo en camino al cadalso. La distancia imponía el tiempo: o volver de inmediato a mi oficina, lo que supondría postergar la tarea, o arreglar de una vez por todas el pendiente. Entré a la oficina en silencio, con el paso suave, como si flotara con la intención de minimizar mi presencia. Los contadores permanecían absortos en documentos o presionando teclas de las computadoras. Susurré un "hola" que no recibió la menor atención. Me convencí que prefería la indiferencia a las efusivas recepciones que antecedían a la imparable avalancha de pesadas bromas.

—¿Para qué soy bueno? —lancé al aire, a volumen discreto.

Ninguno reaccionó a mi presencia. Extrañado por la conducta de los contadores, especulé la causa de la silenciosa indiferencia. Esta actitud respondía al típico jalón de orejas de la jefa. A la soterrada advertencia de rodar cabezas en caso de no cumplir con los balances bimestrales, comenzando por la cabeza de Vinicio, jefe de esta horda de pelafustanes. Con sigilo me acerqué a su escritorio para preguntar acerca de la urgencia. Sin mover siquiera la vista de los documentos pronunció un "pérame tantito". Esperé de pie con la incomoda sensación de eternidad sobre mis espaldas. Para desatenderme de la situación intenté pensar en cosas agradables, pero, entonces, Vinico se levantó del asiento como expulsado de un lanzacohetes y gritó:

—¡¡Felicidaaaades!! —exclamó eufórico, colgándoseme del cuello en un sentido abrazo.

El séquito de compinches lo secundó con ímpetu y enseguida comenzaron a saltar. Me rodearon de forma belicosa entonando el cántico de "Las mañanitas". Atribulado en el centro de un huracán humano, no tuve otra que recibir con amena soltura las muestras de afecto. Rafael filmaba los pormenores del singular festejo con el teléfono de última generación que presumía haberle obsequiado su esposa. Aproveché el instante en que disminuyó el ruido para preguntar a bocajarro el motivo del festejo. Vinicio pidió calma y guardar silencio para explicar la causa del arrebato.

—Hemos decidido que hoy, 23 de abril, celebraremos... ¡el Día del Informático! —exclamó eufórico—. ¡Viva Joseeé...!

Todos sus colégas secundaron el bullicio durante eternos instantes. Cuando bajó la espuma del fervor, me sentí obligado a expresar unas palabras de agradecimiento por tan insólito detalle:

—Muchas gracias, compañeros... —y reiniciaban los vítores que obligaban a pausar mi improvisado discurso—. Miren, la verdad no esperaba este reconoci... —de nuevo la erupción de vivas y aplausos— Me siento muy agrade... —otra vez a la carga, pero ahora con "foto, foto, foto", obligando la cancelación definitiva de mi discurso.

Dentro del maremágnum de abrazos y felicitaciones no faltó quien manoseara con brusquedad mis nalgas y jalonera con fuerza mi calzón para incrustarlo dentro ellas. Colocaron sobre mi cabeza un gorrito de cumpleaños y expulsaron serpentinas en mi rostro. Incómodo, quizá a falta de costumbre, intenté concentrar mi mente en resistir el alboroto. Posé para bastantes fotografías y la sesión se extendió tanto que parecía nunca terminar.

Salí del departamento de contabilidad extasiado por la acogida. Los contadores habían demostrado que su emblemática cuadratura mental guarda proporción inversa con sus maravillosas ocurrencias. ¡Por fín entendía al hermético Club de Toby, que solía prejuiciar como La Gran Secta de los Tarados Ebrios y Abusivos! Viví en el error, acepté. Y todo por renegar de la sociabilidad. De haber ignorado mis prejuicios a tiempo, por lo menos media amargura ya hubiera superado. Qué personas tan buena onda son, ellos sí saben cómo disfrutar el centro de trabajo. Tiraré al cesto de basura el disfraz de antisociable soso, pensé. Ahora que recuerdo, a los abogados también les gusta el jolgorio buenaonda, cosa de abrirse a la conviviencia, ¿por qué no?

Volví a mi área anegado de alegría y con la cabeza fermentando ideas acerca de cómo corresponder a mis nuevas amistades. Éstas sí de carne y hueso, sudores y pestilencias, no como las que pululan en el facebook, que a final del día resultan meras apariencias jugando al espejismo, so pretexto de la comunicación. Y no es que de ordinario no se usen máscaras, lo que sucede es que el feis se ha convertido en el campo más sofisticado para las apariencias. Casi nadie sube en su portada una imagen propia sin filtros, ni ángulos para ocultar defectos. Las personas posan su mejor apariencia y toman los mejores enfoques. Dije "¡apariencia!", no me equivoco, ahí está el Zombie con su foto de perfil a modo, en la que oculta la tremenda papada que le cuelga del mentón. Y, qué decir de la manera con que yergue la espalda para disimular la gordura cuando activa la videocámara.

¡Bah! Nada de esto importa frente al hecho definitivo de contar con nuevos cuatachos. Pesados en la forma de divertirse, pero cariñosos y gritones con todo e involuntaria brisa de secreciones bucales hediondas. Supe que en adelante correría gustoso a solucionar cualquier contingencia que se presente en el amistoso departamento de conta.

Permanecí en mi oficina con el buen sabor de boca que trajo el insospechado giro. Lleno de dicha, con un poco de autorecriminación por las inmerecidas descalificaciones que en el pasado proferí a mis amigos, decidí tomarme con calma el resto de la tarde. Un acontecimiento insólito bien merecería prolongar el recuerdo cuando menos unas horas ¿no?

    Me encontraba con las manos enlazadas en la nuca, cuando advertí en el imperturbable rostro del Zombie una sonrisa sarcástica frente al monitor. De plano este 23 de abril rebosa puras señales de buenaventura, pensé. Lo recordaré como día festivo. Hasta entoné *Happy Together*, la canción de Las Tortugas, complacido por formar parte de esta empresa de la felicidad. ¡Joss, ven! ¡Ve lo que está circulando en el feis!, apresuró el Zombie, de forma inesperada. Una alteración abrupta del sistema nervioso clavó mi cuerpo frente a la computadora. Estupefacto atestigüé las fotografías editadas que circulaban por la red social, en las que hacían escarnio de mis grandes orejas y mis ojos saltones pronunciados por la alta graduación de los anteojos. Sentí que mis piernas eran gelatina derritiéndose, pero algo parecido a un empalamiento del medioevo me sostuvo frente al monitor contra toda repulsión instintiva. Transpirando hasta por la nariz, destesté como nunca los *jajajajaja* y aborrecí mi súbita fama reflejada en la cantidad de pulgares al cielo. ¡Hijos de puta! exclamé. Los cuernos detrás de mi cabeza resultaban una minucia. Sensación de infarto me provocaron los diabólicos rostros dirigidos hacia mi persona, como si fuese objeto de un conjuro malévolo, mientras posaba al centro con inocente sonrisa. Cuando leí las palabras de Vinicio: *el tontin de grudo y cia*, tuve que encontrar apoyo en el hombro del Zombie, para contener la sensación de desmayo.

Perdí la conciencia dentro de una bruma que me abdujo de la oficina. Volví en sí cuando el brazo derecho del Zombie zangoloteaba mi hombro y el izquierdo restregaba en mi nariz un pañuelo desechable del que escurría alcohol proveniente de una anforita semillena de Bacardí. Respira profundo, repetía mi compañero. Si quieres se las cobramos, sugirió, motivado por el puente de irritación que nos unía. Yo me encargo, expresó con el tono firme de quien infunde seguridad. ¿Cómo?, susurré, sin ánimo de emprender la represalia. Lo único que desee con toda mi capacidad de desear era largarme para siempre de este vergonzoso trabajo. No detenerme siquiera para agradecer la oportunidad de explotarme durante cinco pinches años. Ni siquiera las atenciones de la jefa me importaron. Tiempo sospechando que tanta civilidad en realidad ocultaba su incapacidad para realizar operaciones básicas en computadora. Ninguno merece la menor consideración de mi parte. Al final del día toooodos son unos consumados hijos de la chingada. Pérate, Joss. Se la vamos a cobrar. Sólo mantente tranquilo estos días. Condúcete como si nada te afectara. Verás la sorpresa que se van a llevar, insistió Zombie, en su papel de aliado vengador.

El desconcierto resultó tan profundo que ni siquiera la sensación de ruina estimulaba resistir al inminente colapso. Por el momento sólo alojé una certeza: Humillación. A pesar de la debacle, en un instante de serenidad entendí que las palabras del ya no tan Zombie, emitían una pequeña lucecita de esperanza que mis oídos recibían como agua bendita. Logró convencerme de que tomara el resto de la tarde, él se encargaría de las contingencias, aseguró. Hasta ese momento descubrí que se mantenía al tanto de los múltiples asuntos del área, sin participar de forma activa en ellos. Checa tu *messenger*, te pondré al tanto de los detalles por donde trazaremos la ruta de la venganza, pidió como compromiso cuando salí rumbo a casa.

Ahogado en desconsuelo, lloré hasta quedar dormido. La alarma de un mensaje motivó mi primera reacción del día. El Zombie informó que había logrado convencer sin mucho esfuerzo a una vieja amiga de la secundaria, que a su vez consuela a una amiga que guarda inmenso resentimiento a Vinicio, por mantenerla engañada durante años, con la promesa de un inminente divorcio que la llevaría a consolidar el romance con el contador. Así de pequeño es el mundo. La mortificada mujer había descubierto que no sólo le mentía con la vieja historia del "ya merito", había averiguado que el farsante presumía a sus amigotes una nueva adquisición de apenas veintitres años de edad. Daniela, la mujer que dijo sentirse como lisiada del corazón, ahora sumergida en la extraña ambivalencia amor-odio, habia decidio cobrar venganza con una previsible llamada telefónica a la esposa de Vinicio, a la que contaría santo y seña de la relación extramarital que sostenían desde hace un lustro. Considerando apropiado para el objetivo el estado emocional en que se encuentra Daniela, el Zombie pidió a su amiga convencerla de coadyuvar en la materialización del plan, claro después de picarle la cresta con la promesa de echarlo andar ese mismo fin de semana.

La noche del viernes los contadores celebrarían una fiesta con motivo del cumpleaños de Antonio, otro distinguido integrante de esta cofradía de sinvergüenzas. Habían acordado asistir a la fiesta cada quien con *su respectiva*. Pero de última hora, Daniela fue invitada por Vinicio. Aunque ya poseía información del asunto a través de la querida de otro contador, una amigocha con quien había hecho buenas migas en otras parrandas, y a quien le importaba un bledo ser la amante con tal de sacarle provecho monetario y, también, porque sostenía múltiples amoríos que este novio ni siquiera imaginaba, ufanado en la convicción de traerla muerta.

Verónica le confirmaría su asistencia al convite e insistía en su presencia para sobrellevar la noche juntas, bien conocían la manera como se las gastan esos briagadales en las juergas. Daniela, que le había soportado absolutamente todo a Vinicio, inclusive lo inconfesable cuando se ponía hasta las chanclas, asistiría sin-fal-ta a la fiesta, con el definido propósito de tomar el sinfín de fotografías al gremio del Informe Financiero. Esta sería su misión y dependiendo de las tomas se fraguaría también el posible éxito de la venganza.

Apenas terminé de leer el mensaje, le respondí al Zombie algo así como: Haz lo que quieras, seguiré durmiendo. Luego volví a caer en la cama para exprimirme en lágrimas hasta desfallecer en brazos de Morfeo. Cuando desperté, aún entraba en la casa un rayo de luz fúlgida, impregnado del pesado silencio premonitorio del crepúsculo dominical. No tenía apetito, pero debía ingerir algún alimento para evitar un valor agregado a mi desgracia. De lejos escuché el tono de alarma de la recepción de un nuevo mensaje. El Zombie avisaba del tesoro fotográfico que le había hecho llegar

Daniela y exigía mi presencia urgente en la oficina. Volví a la cama con la sensación de sobrepeso corporal que sólo se mitiga con descanso y olvido de todo. Justo cuando conciliaba el sueño sonó la alarma de las notificaciones y, en paralelo al sobresalto, entreví que algo andaba mal con el despertador. Hasta este momento advertí cuánto había dormido. Abandonado al letargo me había transportado de viernes a lunes con escala única en mi cama ¡Horror!

Pensé lanzar al bote de la basura el trabajo. Nada conseguía incentivar mi permanencia en esa cloaca colmada de insolentes. ¡Cómo no le hice caso a mi prima Nadia de radicar en Querétaro, haciéndome cargo de una gerencia de sistemas! Y yo creyendo que aquí me encontraba en el mejor de los lugares. De forma inusual sonó con insistencia el celular. Era el Zombie rogando mi asistencia en la oficina para definir el paso concluyente del plan. Tuve la sospecha que el Zombie estaba más interesado en asestar el golpe que yo, en mi calidad de agraviado y ofendido. Sentado a la orilla de la cama, intentando mentalizar un esfuerzo para levantarme y proceder con los preparativos para salir a la oficina, retumbó en mi cabeza una voz amenazadora: No te puedes echar pa´ trás.

Hasta hace unos días el trabajo había constituido la actividad suprema a la que entregué todo mi ser. Los días de descanso, los feriados, los acepté con un irreductible "ya que", que me confinaba al aburrimiento en casa o con la familia. Cada domingo por la noche, ansiaba la mañana del lunes para mi llegada al corporativo a primera hora, para revisar la matríz con la que verifico las actividades programáticas de inicio semana. Jamás experimenté una presión en las tareas específicas del trabajo, tampoco al atender contingencias. Toda actividad que exigiera mi conocimiento profesional representó el mayor incentivo de satisfacción personal. Ahora, en cambio, detestaba hasta el trayecto hacia el corporativo.

Tuve que armarme de valor para recorrer las oficinas, recibiendo la vibrante curiosidad de las miradas. La distancia del elevador hacia mi oficina resultó kilométrica y el latido exaltado de mi corazón hacía expulsar de mi cuerpo transpiración rebosante. Rogué al cielo que no se presentara ninguna contingencia que me obligara a salir de la oficina. Pensar en la tarea de activar el sistema casi me provoca un desmayo. Cuando entré a la oficina, en efecto, sentí un dolor en el pecho ante el asombro de encontrar todo funcionando y en curso normal por iniciativa del Zombie, quien, sin dirigirme la vista, urgió que ocupase de inmediato la silla contigua.

—Mira —dijo, y procedió a mostrar el archivo fotográfico.

—¡No puedo creer que sea Vinicio y compañíiaaaa! —dije, asombrado por lo que atestiguaban mis ojos.

—Elije —exhortó, al notar mi perplejidad.

—Ta´ canijo. Mejor lo dejamos así.

Giró su cabeza para apuntarme a los ojos con mirada de metralleta, y sentenció:

—No te puedes echar para atrás. Daniela, Verónica y yo hemos cumplido nuestra parte.

—E..eeee…

—Ora te aguantas. Tenemos excelentes imágenes para

desgraciarle la vida a este cabrón.

El espeluznante muestrario de impudicia provocó que me escaseara el aire, obligándome aflojar el nudo de la corbata. Las imágenes finales resultaban tan embarazosas, que decidí arrepentimirme antes que ocasionar una devastación de proporciones catastróficas. Cierto, el agravio recibido obligaba desmesurar el desquite, pero en definitiva esto resultaría excesivo, letal. Al advertir la prolongación de mi silencio, Zombie descifró no la dubitación que tensaba mi cabeza, sino la firme retractación. Realizó una maniobra veloz para mostrar los últimos comentarios del posteo en el que se exhibe mi imagen. Lo peor: el comentario aparentemente neutral de la *boss,* que bombeó toda mi sangre a la cabeza: *ay, k tremedos!!!!* Deseé salir corriendo al instante y olvidarme ahora si para siempre de este lugar.

—¡Elije! —expresó el Zombie, con el tono seco que cifra una coacción.

—Es demasiado severo el castigo, les vamos a destruir sus vidas —dije con temerosa preocupación.

—Ellos nunca sabrán que nosotros subimos la foto —dijo parco, en un lance que se escuchó a amenaza—. Mira.

El Zombie había conseguido la "amistad" de toda la recua de contadores y buena parte de la lista de sus amistades virtuales, con una imagen de su pretendida chica colombiana, presentada con el seudónimo de Samantha Guzmán. Por si aún dudaba de la coartada, aseguró que durante el fin de semana Samatha había sostenido intercambios virtuales con ribetes de coquetería correspondida. La activación de la alerta indicó que la jefa urgía mi presencia para resolver algún asunto. Intenté salir pero encontré por primera vez de pie al Zombie en horas hábiles.

—¡¿Eliges o…?! —Su mirada concentró una determinación que parecía no ceder a ningún lamento.

Con su mano en mi hombro me condujo de nueva cuenta a la silla situada a lado de la suya.

—Mira. Si dejas pasar esta gravísima ofensa, tendrás que aceptar que estás recibiendo el certificado de agachón para toda tu cobarde vida ¡eh! —dijo con ojos en forma de cráteres de volcán en actividad. Continuó—: Yo seré el primero que te diga "puto" todo el tiempo que estés en esta oficina y escribiré en el feis que lo eres —sentenció—. Ahora, elige … ¡Puto!.

—¡Tienes razón! ¡Es hora de ponerles un hasta aquí a esos sinvergüenzas! —dije exaltado de súbito, convencido de las razones del Zombie.

—Te mostraré la cereza en el pastel.

Volvió a prenderse la alerta y advertí en mi computadora el llamado urgente de la jefa. Ésta, indiqué vacilante y casi babeando una sonrisa mórbida frente a la imagen de dos varoncitos bastante ebrios que intercambiaban sus lenguas con lascividad. La alerta insiste. Con excitación veo subir la foto al feis. Fue entonces que observé los detalles de la imagen, donde Rafael posaba la mano derecha en la nalga de Vinicio, mientas él devolvía la caricia masturbándolo discretamente. Ya me voy, me llama la jefa, dije, apresurado, ante la insistencia de la alerta. Un segundo, pidió el Zombie, y enseguida mostró el muro que exhibe la foto de perfil de una mujer que sonríe orgullosa, abrazando a dos pequeños varones, teniendo a sus espaldas, cual escolta de seguridad, a Vinicio.

—Va pa´su esposa —concluyó con sorna mi amigo el ex zombie.

Soldado

A Salvador Malgarejo

desgraciado!! maldito!! asi te abra de ir en la vida

Lo había deseado desde pequeño y cada vez que tenía el valor de expresar este deseo, a cambio recibía una negativa terminante con justificaciones tendientes a lo imposible. No entendía las razones de los adultos. Si él nomás seguía impulsos que se traducían en alegría cotidiana ¿cómo es que incurría en una falta por el sencillo hecho de querer ser feliz? Lo único que capiscaba con mediana claridad era que acatar las interminables exigencias de sus padres lo condenarían al aburrimiento absoluto, porque su predisposición para el juego nunca encajaría con las obligaciones excesivas que le imponían los progenitores. Juanito, vente a comer, solía gritar su madre, cuando lo único que deseaba era continuar rodando sus carritos de miniatura por las sinuosas carreteras que dibujaba con gis en el suelo.

Recién terminaba la jornada escolar un mundo de obligaciones lo esperaban en el mismo lugar donde recibía amor. Obligado a cumplir responsabilidades, su mente lo incitaba a inventarse regocijo en casi toda actividad que lo mantuviera al margen del juego. Así, frente al plato de sopa buscaba cada letra con la que componía cualquier palabra que venía a su cabeza: c-o-c-h-e-c-i-t-o, y ordenaba estas letras en el borde del plato. Luego procedía a confeccionar una nueva: c-a-r-r-e-t-e-ra. Una vez juntas, pensaba en los complementos: e-l, c-o-r-r-e, v-e-l-o-z, p-o-r, l-a. De esta manera continuaba mentalmente la actividad que hace unos instantes había abandonado. Entonces, cuando la madre advertía el plato con la sopa sin disminuir, de tajo truncaba lo que hacía para obligarlo a comer. Casi nunca completó una oración.

a este cabron deberian aplicarle la pena de muerte, la tiene vien meresida

Mordisqueaba con fruición la pieza de mollete cuando la pantalla del televisor reproducía la imagen de un perro samoyedo jugando con dos niños, como si de un peluche con inteligencia se tratara. A Juan le enterneció la manera entendida en que los niños de la pantalla se relacionaban con el perro. Supo que preferiría una raza con menos pelo, pero de complexión fuerte, con actitud férrea y protectora, lo contrario a su aspecto lánguido y frágil. Se mostraba dispuesto a recibir un ejemplar de cualquier raza, inclusive criolla, si sus padres aceptaban la mascota. No sólo escuchó una vez más la reiterada negativa, la contundencia de semejante rechazo retumbó no en sus oídos, sino en algo más profundo, algo que en próximos años descubriría con una palabra más poética y musical, diferente al gélido concepto escolar que lo remitía a las clases de anatomía y no a las honduras donde habitaban sus sentimientos. La sencilla y evanescente palabra donde acaecían aquellos pensamientos cruzados con sus sentires, acostumbró a pronunciarla en forma de susurro: alma. Ahí es donde se alojaba el reiterado rechazo que solía venir acompañado de conocidas recriminaciones: No, porque tienes bajas calificaciones. No, porque eres muy travieso. No, porque no haces caso cuando se te dicen las cosas. No..., porque no, y deja de dar lata.

Castrenlo al desgraciado!!

Pese a la negativa de los padres nada lo detuvo para granjearse la confianza de los sabuesos del vecindario. Dos mestizos a quienes compartía su propio *lunch*, consistente en la infaltable torta de suculentos guisados que preparaba su madre con el sobrante del día anterior, y a la que apenas encajaba el diente un par de veces para enseguida ofrecerlo a sus "amigos". Y para que no les faltara alimento por la tarde, destinaba los últimos minutos del recreo a la recolección de restos alimenticios, que sus compañeros tirarían con indiferencia en el cesto de basura o dejarían en el cajón del pupitre hasta que un olor hediondo anunciara el olvido, transmutado éste en una hedionda orgía de gusanos y el movimiento agazapado de unas cucarachas. Solía entregar esta dieta calles adelante, en la esquina donde lo esperaban con puntualidad inglesa el Colitas y el Bravoleón, que recelosos lo seguían en el trayecto a su casa, moviendo las colas como serpientes hechizadas.

La segunda mitad de la primaria la disfrutó entregado a la causa canina. Tiempo en el que se inventó distintas mañas para atender las necesidades de los perros. Por ejemplo, ahorraba el dinero de los domingos que sin falta le daban sus padres, para destinarlo a la vacunación de Bravoleón y Colitas o comprarles collares repelentes a las pulgas. En el lavado de autos del papá de Salvador, los bañaba cada quince días con jabón especial que también compraba. Bravoleón y Colitas correspondían los buenos tratos con una fidelidad impermeable a cualquier coquetería ajena. No se diga cuando vibraban u olían alguna potencial agresión hacia su amo, porque el impulso de custodia se extendía a los confines instintivos de la sobreprotección.

Al menor tiempo libre salía corriendo de casa para encontrarse con la pandilla, en la cual participaban como integrantes inequívocos los dos canes. Jugaban casi al parejo con los niños, divirtiéndose de manera entendida con los juegos y travesuras de la tropa. Lograron desarrollar tal empatía, que los amigos humanos de Juan comprometieron acciones decididas de solidaridad hacia las mascotas. Comida y demás cuidados no volverían a faltar.

Colitas y Bravoleón eran las criaturas deseadas que sus padres le habían negado. Tan simple como explicarle la inconveniencia de tener una mascota en una casa tan pequeña. Tan razonable como la realidad que imponía un salario deficiente. Pero no sólo insistían en ocultar lo obvio, asunto entendible a la luz de la inteligencia de Juan. La persistencia en el engaño le marcaría por siempre en aquello que llamaba "alma".

Ojala te cuelguen de los guevos, lacra, escoria, no mereces vivir

La disposición mental de Juan solía no responder al rigor y disciplina de los alumnos distinguidos. A él le apasionaban otros asuntos a los que consagraba sesuda atención. Se preguntaba por qué los perros no hablaban si de forma permanente demostraban un entendimiento admirable, a veces mayor al de muchos homo sapiens. Si algún tema escolar llamaba su atención era porque el tópico canino podía entreverlo a través de cualquier rendija ¿Vinieron perros con Cristobal Colón?, se atrevió a preguntar con soltura en clase de historia. Vinieron humanos ambiciosos que olfateaban oro y otras riquezas, respondió la maestra, sin especificar que fue hasta el segundo viaje de Colón a América, en 1493, cuando trajeron perros peninsulares que utilizaron en funciones bélicas. ¿Qué clase de perros habrán venido con Colón?, se preguntaba, mientras permanecía dudando en responder si había sido 1492 el año del descubrimiento de América, aunque finalmente se la jugó: 2 de octubre de 1492.

¿Cómo se llama el doctor de los perros?, preguntó su amigo Chava. Perror, respondió con una carcajada. Desde aquel cuarto año de primaria supo que cuando llegara a grande no sería licenciado ni doctor, ni artísta de la tele, atendería la salud y el bienestar de los perros; a eso dedicaría todas sus fuerzas.

Su madre ya tenía conocimiento de la existencia del Colitas y Bravoleón, pero prefería fingir desconocimiento con recriminaciones que disfrazaba de advertencias: Los perros de la calle tienen muuuchas enfermedades, atemorizaba. Aaahhh. ¿Como cuáles?, devolvía Juan con actitud ingenua, como si desconociera un tema del que no sólo se informaba, sino del que había tomado precauciones desde hace tiempo. Los perros callejeros tienen un bicho contagioso que produce un ardor tan insoportable que te arrancas la piel... Esos perros de la calle pueden tener rabia...

Tienen un montón de parásitos que se contagian y hacen mucho daño a los humanos... Juan no conseguía resolver con celeridad mediriana un quebrado de matemáticas, pero había leído toda la información a su alcance relativa del tópico canino. Conocía de sus cuidados, de probables enfermedades, inclusive sabía que el doctor de los perros antes que ser perror tenía que ser vetcrinario. Ignoraba la retahíla de consejos de la madre con calculado gesto de atención y sorpresa, a veces incluso con alguna expresión de espanto que actuaba para que le creyera. Desde muy chico tuvo presente que en el territorio doméstico sus causas estaban perdidas y, como no hay mal que por bien no venga, el conocimiento de esta realidad motivó el desarrollo de un singular talento histriónico para sobrellevar a la familia. Por ejemplo, en compañía de su madre, andando por la calle, Juan tenía que fingir indiferencia ante las figuras expectantes de los canes, que a la distancia lo seguían con fervor guarura. Siempre confió en la prudencia perruna, pese a que festejaban su proximidad con la discreción reveladora del esqueleto erguido y cola caracoleando.

Un cobarde como este a la orca

En Juan obraba el milagro de la libertad. En el barrio se acostumbra que los niños cuando llegan al sexto grado, van a la escuela sin el amparo maternal. Los chicos suelen disfrutarlo como un primer paso hacia la aduana flamígera de la adolescencia. La pandilla había acordado encontrarse los días de escuela quince minutos antes de la hora de entrada, en la esquina donde cruza la calle 6 con la 3. Ahí, los esperaban con puntualidad Bravoleón y Colitas para recibir el desayuno de sus amos. Un martes siguiente a un asueto, obligado por el Día del Maestro —fin de semana largo en que la palomilla vacacionó por única ocasión en la sierra de Puebla, a instancias del papá de Gabriel, que los llevó en su desvencijada camioneta Volkswagen 1968—, en el punto de encuentro mencionado no hicieron presencia los sabuesos. Unos a otros se preguntaron si alguno contaba con alguna información que les devolviera la calma, pero ninguno dijo poseer referencia alguna de su localización.

Por primera vez, los cuatro integrantes de la palomilla conocieron la vibrante ansiedad que provoca la incertidumbre. Procedieron a peinar la colonia calle por calle. Cada uno cubriría un cuadrante definido a partir de cada punto cardinal. Tan supremo objetivo apremiaría a ignorar toda consecuencia punitiva por ausentarse de la escuela sin aviso ni justificación. El peligroso camino que lleva a la avenida, lo recorrió el Pecas con atención escrutadora. Era poco esperanzadora esta zona, donde acaso algún automovilista pasase encima de cualquier ser animado. Jimmy, por su parte, recorrió con lupa y presteza de investigador novel los alrededores de la iglesia. Urgido de poner a prueba su talento para resolver misterios, descubrió en el fétido olor a basura —creciente a cada paso hasta saturar la atmósfera—, las sutiles descargas del inconfundible tufo a putrefacción. Jimmy llenó de aire no hediondo sus pulmones para introducirse entre los desechos, cubriéndose la nariz con el sueter escolar. Mientras recorría paso a paso el basurero, en su mente rondaba la quemante duda que algún roedor yaciera inánime entre la porquería, despidiendo los insoportables ácidos de la descomposición. Sin embargo, el temor de que una sombra agazapada hubiese actuado con celeridad forajida al momento de abandonar un bulto que a los pocos días inundaría con su hedor la calle, terminó por combustionarle la cabeza y a cada paso el corazón.

ojala lo encuentre un dia, con mis manos juro que lo mato yo a golpes, juro por mis padre que no paro hasta reventarle el craneo, ojala te vea hijo de puta, y asta que te vea muerto estare tranquilo, si no lo hago yo, alguien lo hara cuando te tope en la calle☐

hahahaha odio este tipo y si lo tengo de frente le haria lo mismo, pero ojo no todos los mexicanos son malos, la mayoria somos buenos

Extraña edad en que apenas asoma la cabeza fuera del cascarón y el ruiseñor cree saber volar con el simple acto de ver la altura. Aquella mañana, la pandilla de muchachitos que creía conocer la forma de enfrentar las circunstancias de su pequeño mundo, de golpe y porrazo volvieron al parvulario. Ahuyentando moscas con los sueteres que momentos antes utilizaban de cubrebocas, encontraron sobre una capa de basura los cuerpos informes del Colitas y Bravoleón. La imagen vívida de la musculatura antes férrea y erguida de ambos sabuesos, se derrumbó ante la escena humillante de la carne abotargada y piel con sangre seca embarrada en el cuerpo. Descomposición pestilente que recibía los honores de nuevos seres vivientes, encargados de contener la sobreoferta de materia prima para cumplir el imperioso despliegue de la cadena alimenticia.

En medio de la caótica sinfonía de berridos que improvisaba la pandilla, Jimmy presionó un par de veces el disparador de la Kodak Instamatic 54-X. Enterrémoslos en el parque, susurró Juan.

Haciendo frente a la implacable reprimenda que recibía de la madre por ausentarse de la escuela, Juan rogó una autorización para salir unos minutos a encontrarse con los amigos. Ruego proveniente de la confesión puntual de todo lo acontecido con Bravoleón y Colitas. Todo. Y en esas discreciones — ¿comprensiones?, ¿complicidades?— de las madres que a los hijos parecen un absurdo, Juan escuchó de la voz materna la confesión de conocer la historia de su amistad con los perros callejeros. Un elemento más para la confusión del día. No alcanzaba a entender las razones maternas de semejante simulación, cuando recibió el abrazo más emotivo que recordaría, acompañado de la conmovida anuencia para salir con sus amigos.

Caminó junto con la pandilla hacia la dolorosa experiencia de participar en el primer sepelio de sus vidas. Habían arribado a la frontera del fin de una etapa y comienzo de otra a punta de saña, manera atroz de concluir su primera incursión consciente en el mundo. Con esta tragedia, el amor, símbolo colmado de sentimientos bondadosos hacia las bestias, yacía fulminado rumbo a su última morada: el parque.

Inhumano... sin corazón... demente!!!

Los integrantes de la pandilla padecieron una excoriación profunda en el alma a causa del acontecimiento. A Juan, por su parte, le resultaron devastadores los decesos. Con el tiempo intuyó que el recuerdo subsistía como remanente traumático en su cabeza, al menos durante los siguientes años, al cabo de los cuales habría de recibir con emotiva ternura un ejemplar brioso, de musculatura marcada a tan sólo dos semanas de nacimiento, y bastante travieso, como criatura incontrolable con déficit de atención.

Mejor inicio de juventud no pudo haber vivido durante aquel largo periodo vacacional, en el que se dedicó de tiempo completo a la educación de Soldado. Sus padres habían conferido el visto bueno de la presencia del perro, como premio por haber aprobado el examen de ingreso al bachillerato. Todo un logro, si se toma en cuenta que su promedio final de egreso de la secundaria no parecía anunciar grandes esperanzas para este hijo ¿Cómo le habrá hecho? Se preguntaba la madre con incredulidad.

Soldado era sometido a largas sesiones de entrenamiento lúdico, que Juan concebía indispensables para convertirlo en una mascota ejemplar. Lanzamiento de pelota para desarrollar velocidad y ubicación. Saltos sobre alturas cada vez mayores para agilidad y fuerza en las extremidades. Desarrollo de reflejos con carnada en mano. Los integrantes de la pandilla desaparecían con regularidad a causa de nuevas amistades o las primeras relaciones amorosas que apremiaban atención, o nuevos divertimentos entre los que no faltaban el trago y la novedad de las drogas. Por supuesto que conocían a Soldado, pero carecían del vínculo emotivo que los había unido al Colitas y Bravoleón.

Cuando había oportunidad salían a divertirse llevando consigo a Soldado. Solían visitar las vastas extensiones arboladas cercanas a sus terruños. Unas veces Chapultepec, otras La Marquesa, a donde trasladaban de forma clandestina a Soldado, dentro de una mochila para cargar equipamiento de futbol americano. Estas visitas al bosque de ida y vuelta representaron las últmas ocasiones que salieron en pandilla. En adelante faltarían unos u otros a las aventuras. Juan entendió los cambios que se estaban presentando en el grupo de amigos. Y supo que a él poco le importaba relacionarse con los nuevos chicos de la escuela. Podía apreciar de las chicas su sensualidad, las protuberancias que conferían singularidad a cada belleza, la gracia que configura el aura de ciertas mujeres, pero a Juan se le imponía el cariño y la lealtad a su amado Soldado.

Mundo triste y desolador, ya no hay esperanza

La compañía de Soldado abarcaba todos los sitios, excepto la escuela. Y para evitar abandonarlo en la azotea de la casa de la abuela, determinó que sus movimientos se extenderían al radio de la colonia, principalmente. Rechazaba el ejercicio como actividad saludable y distractora, no obstante, la pujanza desmedida de Soldado, lo obligó a entender la necesidad de dilapidadar el exceso de energía de la mascota. Dedicó lapsos de la tarde a correr con Soldado por el parque. En dos semanas ambos cultivaban una rutina en la que no sólo liberaban la abundancia de combustible, sino, sentían los beneficios de la actividad al adquirir mayor dinamismo.

Una tarde, un pequeño Schnauzer bravucón lanzó con espontánea soltura un ataque a Soldado. El amo del simpático pequeñín apenas si pudo contener la respiración, cuando miró a su mascota convertida en frágil peluche dentro de las poderosas fauces del Pit Bull Terrier. Poco pudo hacer Juan para evitar la tragedia, cuyo signo ominoso fue un gemido débil como preámbulo de una exhalación final. Mirando al incrédulo amo recoger de rodillas a su mascota y berrear como niño, Juan, impávido, volvió experimentar el taladro mental de la vieja historia de Colitas y Bravoleón. Al envolver con su cuerpo la criatura inerte, el amo rechazó el torpe intento de ayuda, entonces Juan cogió del collar a Soldado, quien parecía ajeno a la desgracia, en todo caso, la jadeante respiración con que expulsaba la lengua en señal de sed, parecía revelar el gesto sardónico de la inocencia criminal.

En adelante lo llevaría sujeto con una cadena al cuello. Lamentaría esta decisión que lo obligaba a limitar la libertad de su consentido. Acostumbrado a confiar en la independencia civilizada que profería la inteligencia canina, sujetar al sabueso de sus amores equivalía a devaluarlo a la pobre condición de bestia.

Donde stn los valores?

Por tolerantes existen los desadaptados, hay que darle una lección de su propio chocolate.

Al cabo de un segundo ataque furtivo a un pacífico perro de calle, que alcanzó a salvar el pellejo gracias a la ágil intervención de Juan, consideró la pertinencia de limitar sus paseos por la colonia. Los impulsos incontenibles de su mascota sugerían la nula confianza en las buenas formas que demostraba con él. Con dos ataques inmisericordes, las agresiones presagiaban problemas mayúsculos que no deseaba para otros animales, ni para los amos. Para este cambio de rutina instaló un nuevo refugio en la azotea de la casa de la abuela, y acondicionó los implementos necesarios para una estancia cómoda con la mascota. Un colchón viejo servía de cama a Soldado, una pequeña mesa, una silla y una colcha que servía de parasol y protección climática para ambos.

El encierro obligó a inventarse nuevas actividades para aligerar la tarde. Dedicó horas subiendo fotos de sus perros difuntos al facebook, y acompañaba cada posteo con expresiones de alegría, memoria y agradecimiento. Semanas después, Soldado copó la nueva época en el muro virtual. Imágenes de cachorro recorriendo con la lengua la mejilla de su amo. Poses con garbo que parecían destinadas a revistas especializadas. Cualquier ocurrencia que viniera a la mente de Juan. La página contenía un mensaje evidente: era el espacio virtual del perro con el amo, no a la inversa.

Las tardes en la azotea comenzaron a cuajarle un ánimo tedioso que estaba llevándolo, inclusive, a la indiferencia hacia Soldado. La mascota, por su parte, permanecía a su lado quieto, a la espera del mínimo movimiento de su amo. Ya había subido al feis la foto del día con la imagen del sabueso dormilón. Una ternurita, y en este tono se expresaban las docenas de amistades virtuales que a diario recibían con puntualidad los novedosos posteos. Hacer la tarea no le provocaba el mínimo flashazo de disposición mental. Sentado al suelo con los brazos envolviendo las rodillas, fijaba la vista en la barda de protección, inmerso en la nada. Así transcurrieron interminables puntos suspensivos, hasta que introdujo la mano en la mochila para extraer un pequeño envase metálico, color amarillo, con letras rojas. La onda a la que se había resistido durante meses, ahora se le instalaba en pensamientos lánguidos. Tomó unos cuadros de papel sanitario y los humedeció del penetrante líquido tranparente. ¿Cuánto tiempo transcurrió lejos de la azotea y de Soldado? Lo único que recordaba fue cuando descendió de la azotea para dirigirse a su casa, en mediio del hilillo silencioso de la noche.

La abuela vivía sus últimos días sumida en una especie de petrificación con latidos. Una de las contadas señales de vida que emitía, provenía del brillo ocasional que irradiaban sus opacos ojos cuando veía llegar a su nieto. Así mostraba el inmenso cariño que le inspiraba el infaltable beso que Juan le restregaba en la frente arrugada, cuando se hacía presente para su cita onírica en la azotea.

Con el correr de los días, su capacidad de vuelo demandó mayor cantidad del solvente. Soldado nomás rehuía la inhalación directa del estimulante, cada vez que el amo aproximaba la estopa a su nariz.

La semana de exámenes finales transcurrió en los rincones amnésicos de Juan. Pasé tooodos los exámenes ma´, aseguró, cuando la madre preguntó por las calificaciones. Una mañana fresca, bajo el inabarcable techo gris del mundo, recibió el día con una sensación de despabilamiento que sintió correrle por todas las arterias. Subió por Soldado a la azotea y sujetado de un cordel lo llevó corriendo a su lado. Ambos disfrutaron el paseo bajo la sincronía de la velocidad, recibiendo los escasos rayos de luz que escapaban de la cerrada nubosidad apostada en el cielo. Hacía meses que no sentían expandir sus cuerpos con esa libertad efervesciendo. Pasearon por la segunda sección de Chapultepec y emprendieron la tercera, donde Soldado bebió agua ávidamente y comió unas croquetas, luego de liberar unos obscenos trozos excrementales, que Juan recogió y enterró bajo tierra en un despoblado.

Entre la vegetación arbórea que copaba de sosiego, Juan

albergó la certeza de reiniciar los paseos con Soldado, cuya disposición para emprender largos recorridos parecían estar en sintonía con un animo pacífico de temperamento.

Por la tarde regresaron de la excursión. Llegando al barrio cruzaron con Jimmy, que sorprendido recibió muestras de efusividad de Soldado más vehementes que las de su amigo. Aseguraron verse pronto para salir como en los viejos tiempos. Luego dieron vuelta en la última esquina del trayecto a casa de la abuela, donde, a unos metros del portón, un diminuto Chihuahueño fustigó un ataque inesperado. ¿Diversión?, ¿instinto?, ¿atrevimiento? Una descarga de energía en el cuello le bajó el switch al instante. Juan escucharía los alaridos de una vecina recriminandole el agravio, mientras el esposo intentó darle alcance a Soldado con un destellante machete en la mano. No atinando a resolver la conveniencia de recibir el regaño de la señora, o, llevar al Chihuahueño de emergencia al veterinario para intentar devolverle el latido, o, pedir una disculpa y asumir la consecuencias del atentado, Juan optó por tirar del cuello a Soldado para emprender la fuga hacia la casa de la abuela, donde cerró el zaguán de golpe y activó la cerradura de seguridad, tras los gritos amenazantes del vecino.

Super enfermazo!!!

Tomaba de la mesa algunos fragmentos de alimento de la dieta de la abuela. Su mirada trémula destellaba una luz aprobatoria que dirigía condescendiente al nieto. Luego de olisquear brevemente el chayote con zanahoría y papa, Soldado retiraba la nariz con mohín de fuchi. Fuera de este efímero gesto, Soldado no daba muestra de quebranto a tres días de no engullir alimento alguno. En solidaridad, Juan tampoco ingería los trozos de verduras que había expropiado a la abuela. Su estado respondía al desconcierto, luego que la madre había decretado su expulsión del hogar, y no sólo como un castigo dirigido a deshacerse de la mascota, sino, porque las pésimas noticias escolares habían llegado a su conocimiento.

El padre ni siquiera gesticuló una palabra. Justificándose en el exceso de trabajo, confiaba en el afinado sentido de responsabilidad de la esposa para aplicar con sabiduría los correctivos. Además, creía que ya era hora que "el consentido" aprendiera hacerse hombrecito, asumiendo las consecuencias de sus actos. A Juan no le quedó otra que abrir el último recipiente de hojalata que poseía por encargo de Jimmy, y procedió a inhalar su contenido desde temprana hora.

Inmerso en un mundo de sensaciones etéreas y pensamientos gaseosos, Juan tenía la vista fija en el album virtual de fotos caninas. Esta era su historia, no otra. Tenía a Soldado en una tina de ducha para neonato. Lo acariciaba, mientras recordaba las andanzas con el Bravoleón y el Colitas y la pandilla, con quienes asumió el rol de amos. Soldado alejaba su cabeza a causa del fuerte olor del solvente que parecía evaporar del cuerpo de su dueño. Mirando las fotos de la mascota, Juan continuó acariciándole el pecho a Soldado y leía en silencio las muestras de congratulación por este bello ejemplar. El contenido del envase daría para otra mona, no más. Así permaneció con el brazo izquierdo acariciando a Soldado y la mano derecha pegada a la nariz. De no ser por el movimiento de la mano izquierda, pensó que estaría encarnando el modo petrificado de la abuela. Una vez humedecido el trozo de estopa con el sobrante del solvente, con la calma de quien recorre con la mente cuadro a cuadro una pasaje cinematográfico, miró ceñudamente el teléfono móvil y sujetó con fuerza a Soldado. Luego de unos minutos dejó la mona en el suelo. Con la mano ya libre de la esponja, cojió un pico de fierro que sumergió con efecto preciso en el pecho de la mascota. Soldado, emitiendo un gemido sordo, recibió los tres pinchazos bajo un extraño desconcierto inundado de terror y paradójica paz.

Aun en la nube de gaseosa alucinación, Juan miró con indolencia la pantalla de su móvil y dirigió con lentitud el dedo índice hacia el ángulo superior derecho, donde se encuentra el rectángulo azul que indica: PUBLICAR.

Frases

A Victor Horcasitas, "Chugo"

… muy buena idea. No lo pensé más y le tomé la palabra sin imaginar las consecuencias que vendrían con este asentimiento. La idea de obtener mayor popularidad en el feis por supuesto que me sedujo. Simplemente postearía unas de las anécdotas que suelo compartir con los amigos, cuando nos reunimos para echar drinks. Le tomé la palabra, justo cuando Viri me convencía del ridículo que estaba haciendo a diario en el feis —según ella— con mis posteos infantiloides y pésima ortografía. Aunque, pa´ qué más que la verdad, solía darle el avión cada vez que insistía en el asunto.

Tan divertido que la pasaba cruzando fuego con los seguidores del América ¡Qué actividad tan inspiradora y divertida! Pero tiene razón Viri. Bueno, quien sabe. Pienso que la cosa es pasarla bien, a eso venimos a esta vida ¿no?

Danton tuvo la paciencia de corregir mis primeras frases. Precisamente la lectura de un libro* que comentó una tarde de

---

* Brainard, Joe. *Me acuerdo*. Sexto Piso. 2009.

cantina, fue la que motivó divertidas confesiones que compartimos bajo la fórmula *Me acuerdo,* que inspiró al autor. Danton tuvo la atención de entregar corregidas y legibles mis historias, cuales perlas literarias de las que encuentro difícil se me reconozca algún crédito, luego de uno que otro quemón en el feis a causa de mis sarcasmos. Qué se le hace ¿no? Hay quienes no pasan de poner likes para no exhibir sus limitaciones. Como sea, hago un esfuerzo por comunicar mis pensamientos.

Algo saldrá, si no, pus al menos estoy intentando darle gusto a Viri, cambiando el estilo de mis posteos. Después de todo tiene razón en aquello de que Minerva está creciendo y parece demostrar mayor madurez en el feis que su padre. También tiene razón en aquello de que su ortografía y redacción parece de una persona que no desciende de mi progenie. ¡Bah! Qué importa. Después de todo mi hija me eliminó de sus amistades, dizque para respetar la vida privada de cada quien. ¡¿Cuál "vida privada"?! En el feis todo se vuelve público. Ni qué decir cuando surgen conflictos entre novios o parejas, porque se desconocen hasta los secretos, y entonces los trapitos al sol se vuelven la mayor prueba de que la calentura feis no discierne entre lo privado y lo público.

Postee la primera anécdota:

Me acuerdo de la inspirada ejecución que realizó Saúl del "Himno a la alegría", luego que metimos su flauta al váter asqueroso de la secundaria.

Por esta frase sólo recibí un par de comentarios que subrayaban el aspecto repulsivo del posteo. Confieso que extrañé los intercambios puntillosos de los participantes, por lo menos un instante de alegría o de morbosa satisfacción me producían. Ahora que me ponía serio y profundo con un sincero repaso de los recuerdos definitivos de mi vida, no despertaba mayor interés. Sentí gacho que casi nadie me pelara. Me saqué de onda, pa´ qué más que la verdad. Alberguè la esperanza que los siguientes posteos llamaran la atención, por lo menos que nuevas personas reaccionaran a este novedoso ejercicio.

Me acuerdo de la maestra de primaria que a diario insistía que los pantalones de mezclilla son prendas para obreros, ignorantes y analfabetas.

inventas, fue el único comentario que recibí a lo largo de un día. Al siguiente, posiblemente alguien que utilizó una identidad falsa —esa manía por aceptar a todo mundo como amistad—, comentó: *Ni quien te crea*. Pero en vez de ignorarlo, respondí con toda inocencia: *Estoy diciendo la verdad*, solo que para que resultara creíble la respuesta, me encontré obligado a corregir *stoi disiendo la vrd*; rectificación que me costó trabajo por la falta de costumbre. Tendría que ser congruente con la forma de escribir las frases ¿no? Me arrepentí de haber respondido de esta forma a un extraño. Ni modo, ya estaba hecho y no quedaba otra que confiar en que pasara desapercibido. Cosa que finalmente sucedió porque ni siquiera un *like* registró el posteo.

Comenzó a preocuparme el vacío que los feisbuqueros endosaban a mi popularidad. Valoraba la conveniencia del olvidarme del asunto y volver a las andadas contra los americanistas. Como que ya los extrañaba. Nadie con su estilito para los comentarios. Y, acá entre nos, como que uno le agarra naturalidad a la incorrección ortográfica y ni se diga a la redacción. Cuando escribí *Estoy diciendo la verdad*, en un primer momento no advertí haber escrito la primera palabra con i latina, y "diciendo" tuve que buscarla en el google para asegurarme si llevaba "s" o no.

Viri notó mi preocupación. Por la noche, con la sutileza habitual de la esposa atenta a las cosas de su marido, comentó lo impresionada que se encontraba por mis posteos. Dijo que ese tipo de travesuras alcanzaban rango de diabluras y se interesó por conocer pormenores de las historias. Le expliqué que el formato "Me acuerdo", consiste en escribir recuerdos singulares de manera sintética y concisa, ejercicio al que había ayudado bastante mi amigo Danton, a quien le debía la idea y las precisiones de cada oración. Conté que la trastada de la flauta había sido un miércoles de clase de música, en primer año de secundaria. Y que a la hora de salida extrajimos la flauta del morral que Saúl colgaba de la espalda. Ya en el baño la introducimos a un váter descompuesto —como todos los cagaderos de la escuela, desde luego—, que contenía una excesiva acumulación de desechos humanos desde tiempos inmemorables. Removimos los excrementos con la boquilla de la flauta y la dejamos escurrir sobre la misma taza, luego corrimos alcanzar al compañero fuera de la escuela. Villalvazo lo distraería, mientras yo colocaría de nuevo la flauta en la mochila. Luego suplicamos a Saúl que tocara *Himno a la alegría*. El compañero se mofó de nosotros, diciendo: Pinches pendejos, y enseguida ejecutó la pieza con sentida inspiración. ¡Bien Saúl! ¡Eres un chingón!, dijimos al término. Saúl no más se limitó a decir: Cuando quieran se las enseño, pinches güeyes, y luego se retiró orgulloso.

Viri también se mostró interesada en conocer la historia de la maestra mezclillofóbica. Comenté que a diario la profesora insistía en su rechazo al uso de los pantalones de mezclilla y se escandalizaba de que esta prenda en la actualidad se usara inclusive para asistir a fiestas formales. El colmo del mal gusto y la vulgaridad, solía sentenciar la gorda maestra, y remataba: Eso solo lo usaban los obreros para trabajar en las fábricas. Tan mal entendimos estas aversiones, que en la fiesta de fin de cursos gran parte de los alumnos asistimos vestidos de jeans.

Aquella noche dormimos profundamente, cruzados de piernas bajo las sábanas. El detalle no resulta menor, considerando que la indiferencia había cuajado en la costumbre del uso rutinario del feis, antes de caer en brazos de Morfeo.

Al día siguiente, apenas llegué al trabajo, postee la siguiente frase:

Me acuerdo de las visitas a Quique Falcón, para escuchar acetatos en un estéreo con sonido cuadrafónico.

Esta frase la postee con profunda satisfacción, porque tengo presentes las increíbles sesiones que me aleccionaron en el mundo de la música. Pero el gusto enseguida devino arrepentimiento. Un recuerdo así sólo podría importarle a un aferrado a su individualísima historia, no a una colectividad ávida de memes o despliegues de vanidad. Si tan sólo hubiese agregado a este posteo una foto con el *look* del pasado, otra cosa hubiera sido.

El *post* navegó en las aguas de la indiferencia de no ser por el dedito pulgar de la única persona interesada en mis posteos: Viri. Durante el trayecto de regreso a casa, pensé que el móvil de la solidaridad incondicional de mi esposa, podría explicarse a causa del sentimiento de lástima que le producía al verme mutando en el nuevo hombre invisible del feis. Cuánto extrañé las naqueces de los americanistas. Reconocí la falta que me hacía leer aunque sea un *chemo*, *albañil*, siquiera un *seguidor del frustrazul*. La popularidad obtenida con tanto arrojo y creatividad desaparecía en pocos días por un simple cambio de estilo. Esa noche, a causa de la necedad o del automatismo, chequé rápidamente el feis con la esperanza de encontrar alguna expresión que paliara mi necesidad de reconocimiento.

Un saludo inesperado me hizo el día. Siempre tan distante de las redes sociales, de los afanes comunicativos de la modernidad, Quique Falcón entró ese día al feisbuk, luego de ausentarse casi un mes, para encontrarse con la sorpresa de este posteo. Amable y bondadoso como siempre, Quique acusó de recibido el posteo con un breve comentario: *Inolvidables tardes. Gracias por el recuerdo. Saludos.* Invadido de alegría, albergué la creencia que un saludo tan especial y extraordinario inyectaba un regocijo nunca antes experimentado con el pelotón de feisbuqueros del fútbol. Viri pareció contagiarse de la emoción que me embargaba y tuvo la curiosidad por conocer algunos detalles de esta historia. Fue así como se enteró cómo descubrí el álbum *Dark Side of the Moon*, de Pink Floyd. Le conté la fascinación que me causó escucharlo con sonido cuadrafónico, en un equipo de audio de inmejorable calidad en aquel tiempo, que se le conocía como Gradiente. Contando los pormenores de esta historia me extendí hasta los primeros minutos del nuevo día. El interés mostrado con algunos detalles hasta ahora no compartidos entre nosotros, tal vez sacudió un poquito la capa de polvo que el tiempo estaba tendiendo sobre nuestra relación. Resultó tan interesante el tema para Viri, que comprometí una sesión musical conjunta para el siguiente domingo. Luego dormimos profundamente.

Elegí la peor secundaria de la zona. El primer día que pisé esta escuela, unos chicos de tercer grado entraron al salón para extorsionar a los recién ingresados. La historia acerca del por qué no lo consiguieron, inspiró el siguiente posteo.

Me acuerdo que teniendo 12 años desafié a un chico de 15. Me esperó a la salida de la escuela al frente de unos pandilleros punks. Obligado a salir, lleno de terror, reconocí en la puerta al cabecilla de otro grupo de vándalos a quien pedí ayuda. Aquella ocasión hubo heridos. El provocador se llevó de recuerdo una extensa charrasqueada en el rostro, hecha con la antena arrancada del automóvil de la maestra de español.

Primer día de clases. Volví a casa con un ojo cerrado y la satisfacción de haber superado el miedo, al menos por esta ocasión. Resultó de gran ayuda encontrar al novio de una vecina que jamás dudó en ofrecerme respaldo para sortear el escollo. Al frente de su pandilla, teniéndome a su lado, exhortó al jefe de los contrarios a resolver el pleito entre dos. Tendrás que aventarte un tiro, dijo, provocándome casi un desmayo. Preferible, a que te madreen en bola esos culeros, ratificó uno de sus camaradas en mi oído derecho. El miedo estaban convirtiéndome en *sparring*, mejor dicho en *dummy*, hasta que escuché las palabras mágicas del compinche principal de mi amigo: Si te dejas, nosotros te vamos a partir la madre. Gran error de mi enemigo abusar de su mayor estatura y peso, porque al lanzarme con fuerza sobre el cofre del nuevecito Caribe 1986, mi instinto de sobrevivencia reaccionó arrancando desenvainada la antena del auto, objeto que utilicé para defenderme, provocándole una larga hendidura en el rostro que abarcó del pómulo derecho hacia la comisura de los labios, tras la cual se desató la hostilidad entre pandillas. Salieron a relucir cadenas, manoplas de acero, intercambios con picahielos, linduras de violencia física en las que jamás imaginé involucrarme. Entretenido como estaba en sobrevivir y mirando con intermitencia navajazos y golpes por doquier, los instantes se volvieron dosis de eternidad hasta que las sirenas de unas patrullas propalaron la confusión generalizada. Los punks huyeron golpeados y heridos, nosotros los secundamos por el camino opuesto para escondernos en el laberinto de la unidad habitacional Loma Hermosa. Un camarada de mi amigo corría con una herida expuesta causada con un picahielo. Otro con el tabique de la nariz roto. Sangre a borbollones. Apenas salí del peligro me pregunté qué haría al día siguiente. Mi valiente amigo me convenció de que asistiera a la escuela, él permanecería alerta con su banda a la hora de salida. Acepté el apoyo de una escolta de vándalos que a diario, durante unas semanas, me acompañaron a la parada del autobús, sin que a ellos les resultase una experiencia de peligro. Mi enemigo volvió días después con una curación de gasa en el rostro. Recuerdo que no podía gesticular y, pese a esta limitación, no dudó en volver amenazarme. Al cabo de unas semanas, el descenso de temperatura y supongo el sentimiento de fraternidad que inspira la llegada de la Navidad, motivaron cierta inercia de olvido.

Viri deseó no volver a escuchar ese tipo de historias y concluyó que resultaría imposible comentar el resumen escrito so riesgo de parecer inverosímil.

Me entregué a la tarea de elegir la siguiente frase.

Me acuerdo que me despertaban para ir a la escuela con el fondo intermitente de "jaste, jaste, la hora de México..."

De pesadilla!!, comentó Rodrigo, *uuurrrgghhh*, expresó otro ruco del cuarto piso, *???*, preguntó una joven amiguita del feis, con quien sostengo chateos medio coquetones y, bueno, también algunos intercambios de *wats*. *Anécdota vintage*, le respondí, sin tener claro lo que dije, pero ella pareció entenderlo perfectamente al devolver un corazoncito rojo. El detalle no pasó desapercibido por la noche. Apenas recordó el momento de horror que significaba la emisión intermitente de la hora nacional, Viri procedió a preguntar con desconfianza por la chica. Ya sabes, en el feis te haces amigo de medio mundo, y lo más curioso es que se dirigen a ti como si fueses un viejo conocido, argumenté sin ánimo de profundizar en el tema. Lo cierto es que la intuición femenina estaba funcionando con precisión y no sin asombro. Para evitar nuevas sospechas, con normalidad procedí a enredarme en las cobijas y me eché a dormir.

Haber contado la historia de la secundaria me produjo un efecto envalentonador para subir el tono de la siguiente frase. Bueno. La verdad es que el motivo oculto de la intención tenía que ver con la casi nula percepción de mis posteos. Extrañaba la popularidad, pa´qué más que la verdá. ¡Recibir tres pulgares al cielo equivalía a una contundente inexistencia!

Me acuerdo de mi primer vello púbico: Largo, brilloso y chino, tenía la impresión que me escuchaba. Era mi orgullo. Al cabo de varios meses pensé que se quedaría huérfano.

Esta frase representó mi regreso a la fama. Recibí bastantes comentarios jocosos relacionados con esta indiscreción. Bueno, casi todos fueron *hahahahahaha, jijijiji*. Por supuesto, no faltó el chistosito: *pus aun tiens 1 vllo, el k t kda n la kbza,* nefasto, de veras. Eso sí, superé el rango numérico de deditos al que me estaba acostumbrando contra mi voluntad.

El detalle me inyectó una valiosa dosis de entusiasmo. Contento por este resurgimiento, me animé a continuar con otra frase candente extraída de la realidad.

Me acuerdo de la maestra de educación física que obligaba a los hombres a correr detrás de las mujeres, empalmándoles las nalgas para que corrieran lo más rápido posible.

Viri había simpatizado con el tono de los posteos. Pero éste último me valió un palmazo tosco en el hombro, que acompañó de un "te pasas". Argumenté que todas las personas han tenido vivencias inapropiadas, que suelen guardarlas en la bodega de los archivos muertos.

Cómo olvidar a la maestra de educación física. Tremenda. Los hombres del grupo babeábamos frente las portentosas caderas de la maestra, naturales y forjadas a pulso con ejercicio. Todos echábamos de menos su cutis carcomido por las cicatrices del acné, porque sus labios sobresalían tersos y carnosos como imagen de actualidad con filtros. Me quedé con la curiosidad de conocer las razones de la maestra que inspiraban su animadversión feroz hacia las mujeres. No las bajaba de güevonas y comodinas, literal. Si querían evitar el zangoloteo violento de sus glúteos tenían que correr a una velocidad superior a la de la mayoría de los hombres, quienes debíamos alcanzarlas para asestarles tremendas nalgadas por obligación de la maestra. Me pregunto si este ingenioso ejercicio enfocado a estimular el ciento por ciento del esfuerzo femenino, representaba un megabullyng de los ochenta. Sin duda, y no sólo a la luz de la segunda década del siglo veintiuno. Ni siquiera considerando la falta de una generación consistente de grandes atletas femeninas. Nada justifica aceptar el refrán: "no hagas cosas buenas que parezcan malas", por la sencilla razón que los rostros sanguíneos de las compañeras estampaban el sentimiento de una vejación ultrajante. Esto es pueril, recriminó Viri. Pero solo me limité a insistir en la veracidad de la historia.

En aquel entonces no entendí las razones de esta permisibilidad, tomando en cuenta que el director de la escuela poseía una incuestionable fama de severidad en asuntos de disciplina. Los alumnos le apodamos El Napoleón (¿cuál era su nombre?). No había ceremonia en que no sustentara sus discursos (hasta el rollo de salida para vacaciones de fin de año) en las proezas del insigne personaje. En la explanada de la secundaria, conocida como la "Concha" del deportivo Plan Sexenal, todos los alumnos guardábamos un silencio castrense frente a la diminuta figura de Napoleón, que gustaba discursar firme y pausado al aire libre. Para no desentonar con el estilo del estratega militar francés, el director se mantenía erguido en todo momento con sus largas patillas napoleónicas perfectamente delineadas. Si comenzaba a llover, adecuaba el discurso a las hazañas de guerra del emperador, dramatizando tonos y palabras de resonancia heroica, que inducían la creencia que el aguacero apenas si semejaba una fresca brizna matinal en la playa. ¿También esto habrá sido *bullyng*? Quién sabe. Lo cierto es que las metidas en cintura a base coco wash, resultaron la guía motivacional más elogiada por los padres de familia.

La única ocasión que se nos permitió salir temprano de la escuela, no teníamos idea qué hacer en la calle a esa hora del mediodía. Solo se nos ocurrió esperar el paso del ferrocarril para correr tras él y subirnos al cabús. Permanecíamos a la espera del tren, cuando identificamos al otro lado de la vía el taxi del padre de uno de los compañeros. Según el chico, su padre dedicaba el día entero a trabajar e ignoraba si tenía cita con las autoridades de la escuela por sus recurrentes indisciplinas. Caminamos en dirección al automóvil. A unos metros, advertimos un sacudimiento anormal del taxi, lo que motivó el acercamiento cauteloso de la pandilla. Entonces identificamos el par de zapatos tenis de la maestra, que al aire se agitaban al ritmo embestidor del paterfamilia. Al acercar los rostros a las ventanas del vehículo, notamos que la maestra se encontraba desconectada del entorno circundante en grado de posesa, porque sus ojos desorbitados eran el reflejo inobjetable de que volaba en los cielos de otra dimensión.

Difícil saber por qué esta maestra que obligaba estampar nuestras palmas en las nalgas de las compañeras, nunca recibió reclamo alguno de una madre o padre. Tal vez, por miedo, las compañeras evitaron quejarse en sus casas. Lo sorprendente es que tampoco recibió llamada de atención del despiadado director. Lo que teníamos claro es que la maestra de educación física era la única de la planta de profesores que no se cuadraba frente al Napoleón. Por el contrario, el director cambiaba por completo de humor cuando la tenía de frente, como si la maestra le contara chistes colorados con su simple presencia. Quizá la maestra le tenía bien tomada la medida al Napoleón y lo tuviera amenazado con racionarle la dosis de palmadas nalgueras. Quien sabe.

Viri guardó silencio durante el relato. Al finalizar, con el entrecejo delineado por la indignación y brotándole chispas de cólera, susurró la pregunta de los mil millones: ¿Y si le hicieran eso a la niña?

Me acuerdo de la niña que orinaba de pie a carcajadas.

Ni un solitario *Me gusta* durante todo el día, o, de perdis un signo de admiración que reprochara mi frase, nada ¿Qué estaba pasando? Padecí un sobresalto cuando recordé la pregunta de Viri: "¿Y si le hicieran eso a la niña?" La interrogante hacía eco en mi cabeza, de hecho había taladrado cada episodio de mi insomnio. A punto del timbrazo del mediodía supe que no tenía opción: ¡Mato a la maestra...! ¡Y al pinche director coscolino, hijo de puta, por omitir medidas de respeto a las prójimas! ¡Cómo carajos no! En esto no se debe aceptar medias tintas, sentencié indignado.

Haber conseguido esta claridad justiciera me aportó la tranquilidad necesaria para pensar, ahora sí, lo concerniente a los siguientes posteos del feis. Ignoro los caprichosos mecanismos de la mente por los que desiste de ciertos episodios de valía, como desconozco las causas que activan los resortes que reintegran a la memoria algunos pasajes olvidados. Recordé a la niña de la primaria que gustaba orinar de pie soltando carcajadas. En los baños de hombres existía un diminuto orificio en la palanca del desagüe de la pared, por el que se podía mirar hacia un retrete de las mujeres. Este orificio inspiró a la niña a vaciarse de chis todos los días, a la hora del recreo. Las aglomeraciones en el baño de caballeros no se hacían esperar. Los varones regresábamos del recreo con la imagen mental de la pipí expulsada con irreverencia, como si a la niña le divirtiese lanzar orines sobre nuestros rostros mirones. ¿Cómo le hacía la niña para orinar tanto? El secreto residía en los litros de agua que consumía durante las mañanas. ¿Costumbre, inocencia, patología? El caso es que la micción desconcertaba a más de uno. Pero lo extraño, de nueva cuenta, es que nadie se quejó con autoridad alguna.

Este *Me acuerdo* despertó suspicacias acerca de la veracidad de la anécdota. A través del sutil interrogatorio de mujer con el sexto sentido aguzado, Viri me sondeó por la noche, esperando un tropiezo que confirmara sus sospechas. Al término del examen concluyó: Tienes imaginación de escritor. Pero a mí eso de la palabra escrita no se me da, ella lo sabe, por eso soy administrador. Siempre he pensado que no trabajar en algo productivo donde la persona se estrese, se canse a diario fuera de casa y reciba un pago decoroso por este sacrificio, tiene mucho de guevonada, por no decir de inutilidad. Al fin directive de empresa, exclamó Viri. De perdis deberías leer un libro com-ple-to al año, reconvino. Y concluyó con el eslogan súper choteado del feis, que todos comparten pero nadie lleva a cabo: Menos feis y más book. Luego se envolvió en las cobijas y giró su cuerpo.

Pese al cúmulo de trabajo, cuya solución lindaba en lo urgentísimo ante la inminencia de una auditoría, no conseguí alejar el tema que motivó la represión de Viri. El significado de la paternidad lo entendía como la satisfacción escrupulosa de todas las necesidades que apelaran a la reacción veloz de la billetera. Las palabras de Viri habían conseguido dirigir mi atención hacia un aspecto donde mi cotidianidad se desenvolvía distante. Por primera vez experimenté una especie de responsabilidad moral, que ocasionó desembarazarme por unos momentos de la montaña de trabajo que tenia pendiente.

Ya por la tarde decidí dedicarme yo msmo a la redacción de la frase. ¡Uff! ¡Qué difícil escribir a conciencia! Logré la hazaña de redactar veinte borradores con mi propia mano ¡sin ayuda de nadie! Confieso que estuve a punto de pedir auxilio al mensajero que dizque estudia filosofía. Pero, ¿cómo me iba a ver, siendo jefazo, recibiendo una bofetada con guante blanco por parte del *office boy*? Imposible. Años que no buscaba una palabra en el diccionario. Cuando consideré lista la frase, ora sí llamé a Lolita, la secre, para que la leyera y revisará. Muy bien, licenciado, tiene madera de contador de historias, felicitó con tono de broma al concluir la lectura. Acerté en la ortografía excepto un pequeño acentito en la palabra "confidencio". Todo lo demás, como si hubiese sido revisado por el corrector de estilo de un periódico.

La satisfacción resultó inmensa, incomparable. ¿Cómo así?, dirían los cubanos, si de cualquier forma la gente se entiende a la perfección con errores ortográficos garrafales y redacción de criatura de jardín de niños. La verdad es que lo ignoro. Pero haber escrito una oración completa y correcta con mi propia mano, me inyectó una alegría indescriptible que consiguió el milagro de echar de menos la indiferencia que recibía en el feis.

La carga de trabajo pronosticaba una trasnochada extenuante para todo el equipo. Yo como que no sentía el mismo grado de responsabilidad de años anteriores. La verdad es que me entusiasmaba mayormente llegar a casa y charlar esta última historia con Viri. Ya me valía gorro la ausencia de pulgares y hasta me resultaban ñoños los *jajaja*, *jijiji*, *hahaha*, los *!!!*, las caritas, los memes, los gifs.

Permanecí poco más de una hora poniendo orden en el trabajo. Luego justifiqué mi conocida gastritis para largarme a casa, no sin antes delegar tareas específicas a cada integrante del equipo. Por primera vez el deseo de conversar con Viri tenía mayor importancia que la responsabilidad por cumplir con la chamba. Aunque, quizá nomás se trataba de un entusiasmo pasajero que coincidía con la víspera de uan tediosa auditoría. El próximo año, tal vez, volvería aprovechar esta circunstancia para exiliarme por lo menos dos noches de casa.

El juego de las frases parecía estar creando algo diferente en mi vida. ¿Qué tanto conoce Viri de mí?, me pregunté. Caí en la cuenta que apenas si contaba con información básica, casi mis generales. Viri conoce mi familia, mi origen sin pormenores, mi actividad, el nombre de las escuelas donde cursé diferentes grados, mi afición por el Cruz Azul y mi desprecio hacia el América. Conoce a mis amigos y sus esposas e hijas. Sospecha por quién voto cada elección, pero no lo sabe con certeza. ¿Qué más? Creo que es todo. Reflexionaba en el asunto, cuando una revelación irrumpió con pena: Primero fuimos adictos a la tele, hoy adictos al feisbuk, ¿mañana a Netflix? Comprendí que la complacencia hacia estas mediaciones, ha enmarcado la cohabitación diaria de dos seres que creen conocerse. Ahora, nuevos indicios nos exhiben como un par de extraños sumidos en el automatismo de una normalidad dudosa.

Por la noche supe que durante su infancia, Viri pasaba las tardes practicando gimnasia en el jardín. A base de práctica logró pararse de manos y realizar piruetas con el cuerpo. Soñó convertirse en gimnasta olímpica, pero nadie la escuchó. Ya entrada en la adolescencia quiso imitar a Nadia Comăneci, equilibrando sobre un largo tubo que servía de protección de una jardinera. Creyó que lograría la proeza de recorrer una extensión de cuatro metros, hasta que cayó bruscamente sobre el tubo con las piernas abiertas. Sintió partirse por la mitad. El dolor atravesó su entrepierna y se esforzó por aparentar una normalidad que traicionaba su rostro. Caminó con bastante dificultad a su casa, donde lloró en silencio toda la noche. Días después, sus padres nomás le preguntaron: ¿Por qué ya no juegas a ser Nadia? Nunca tuvo el valor de confiarles que su cuerpo no volvió a ser el mismo y su alma tampoco.

A casi veinte años de compartir la cama, comencé a escuchar estas historias justo cuando mi lista de frases se agotaba. Jamás imaginé que una ocurrencia de cantina derivaría en un acercamiento conyugal, que transformaría la costumbre en sed de conocimiento mutuo. Ahora mi preocupación apunta al futuro instalado a la vuelta de la esquina. No, no me refiero a la auditoría. Mi lista de recuerdos sólo dispone de una última frase, ¿qué haré a partir de pasado mañana?

Me acuerdo del sujeto que recibió tiros en la espalda, cayendo muerto a escasos metros de donde mi padre me protegía del fuego cruzado que los asaltabancos sostenían con los policías.

Escribí esta última frase, convencido que si al hurgar en mi memoria no encontraba recuerdos significativos, no quedaría otra que recurrir a la imaginación. Y si no conseguía revivir anécdotas de importancia, ni lograba inventar historias nuevas, perpetraría acciones audaces, inspiradas en la expropiación de la memoria ajena.

Viejo amor

A Marissa,
con admiración y gratitud

El brote de ansiedad aumentó al fisgonear el muro de Almendra, la cerebrito del grupo que le ayudó a prepararse para acreditar materias de matemáticas, que en caso de reprobar podrían haberlo anclado al fosilismo bachiller. *Como estasss??? Tantos años sin saber de ti!!* Envió este mensaje privado como invitación espontánea para la interacción, mientras permanecía a la espera de recibir la aceptación de su amistad. Si alguna esperanza le representaba este maravilloso disparate de ubicuidad virtual, era la posibilidad de continuar cruzando con amigos del pasado y con viejos amores que perduraban en su memoria. De por si le resultaba extasiante la compulsión por mirar el celular a cada momento, ahora, desde que esperaba con impaciencia la respuesta de Almendra, la consulta obsesiva del messenger y el feis afloraba barruntos de patología.

Rememoraba la época cuando le imprimió el primer beso, luego de cuatro semestres cortejándo a esta nerd que no se dignaba a dirigirle la mirada, ni para agrdadecerle la entrega de un lápiz tirado en el piso. Su estilo recatado sugería la impresión de encarnar a una hija pródiga de una beata. Mientras él, en condición de fresa desmadroso, parecía encontrarse años luz del cuadrante puritano de Almendra. La indiferencia ejercía una atracción creciente que rayaba en el masoquismo. Cimentada su aparente seguridad en los deslices fortuitos que facilitaba su galanura, el desaire habitual que recibía de Almendra se traducía en el reto más desafiante a su condición de apolíneo irrechazable. Jamás alcanzaría el nivel de conciencia que le permitiera entender el atisbo maternal que simbolizaba la gazmoñería de Almendra. Todos aquellos ligues de aquellos años los consideraba encuentros de aprendizaje con libertinas impenitentes. Almendra era distinta, una santa bastante parecida a su madrecita: ajena a los intercambios de pasillo tan propios de las chismosas, dedicada, mujer de casa, discreta, virgen hasta el matrimonio. Esto último, más bien consistía un presupuesto con señales de certeza, también deducido de las evidencias que provenían de su ensalzada probidad. Que no compartiera ratos libres con las locas de la escuela le decía mucho, mejor dicho, todo. Solía pintar su raya con la frivolidad de pasarela en que se convertía la explanada escolar, espacio siempre propicio, *ad hoc, a priori, sine qua non* para conectar todo tipo de ondas extracurriculares.

Aunque pertenecieran a órbitas dispares, Diego creía descubrir en Almendra el nutriente idóneo que proporcionaría equilibrio a su desbalanceada juventud. Aunque tendía a exagerar la medianía de sus diabluras a causa del pinchazo recurrente de culpa instigado por la educación familiar, lo que terminaba por arruinar el sabor de las trastadas comúnes y corrientes que acaecen en esta etapa de la vida.

Días después recibió la aceptación de amistad, con el agregado de un mensaje de matiz alegre, en el que parecía festejar el reencuentro: *no lo puedo creer!! Q t has hecho?* Cómo decirle que se encontraba penando errores de inmadurez, que le habían explotado con la dinamita del dinero y el engreimiento, cuando su perfil feis reflejaba una panorámica suficiente en referencias arcaicas de una dicha color rosa, difuminada en la actualidad.

Ya no sostenía relación alguna con Andrea. Pero su aferramiento nostálgico al pasado reciente, invocaba una esperanza de reconciliación, simbolizada en una fotografía de rostros felices incrustada en su muro. El negocio había quebrado cual cascarón lanzado en la pared, a causa de la embarradera de nariz sobre líneas kilométricas de coca, que culminaban en la pélvis depilada de la desnudista que tenía por secretaria, o, cuando la mujer se retiraba a descansar temprano, con sus aliados de *bussines* con quienes desaparecía por el hoyo negro del atascón desenfrenado. Envejecía en tiempo record por la carencia de ingresos y con la misma celeridad desaparecían de sus bolsillos los últimos billetes que provenían del remate de su BMW. Aunque la fotografía que exhibía en el perfil había sido tomada apenas hace un año, sentado detrás de su elegante escritorio de madera lingue, con su nombre al frente esculpido en japonés, la actualidad del mapa de sus rasgos evidenciaba por lo menos el valor agregado de una década perdida. Sobre este cúmulo de verdades y mentiras que estaba a punto de confesar, se detuvo un momento a pensar cómo comunicarle la neta: Almendra es la única mujer a quien seguía amando de verdad y, ahora, gracias a los milagros de las benditas redes sociales, la providencia obraba un nuevo cruce de caminos justo cuando más necesitaba asirse de un salvavidas.

Preñado de un súbito entusiasmo de alcance espiritual, un frenesí que conseguía el prodigio de suspender las máculas tediosas de su presente, deseó entregarse a la ilusión de implorar un encuentro a la brevedad.

Luces bastante guapa. Los años a tu favor.

Con la disposición de tiempo que permite la carencia de ocupación y las facilidades que se obtienen del pirateo de la señal de internet de un vecino, Diego se predispuso a entablar un largo intercambio tendiente a tantear la posibilidad del reencuentro. De naturaleza impaciente, poseído por la inquietud que estimula la ilusión, los segundos sin respuesta de Almendra comenzó a padecerlos como el desvanecimiento de la expectativa que instantes previos alentaba su resucitación personal. A la espera de una palabra, cayó en cuenta que haber sido aceptado como amigo feis de Almendra, entrañaba el privilegio de poder conocer sus fotografías. Procedió de inmediato a la realización de una primera revisión frenética y exhaustiva de todo su historial. Se preguntó si lo que contemplaba constituía la aproximación veraz al presente de Almendra, puesto que acababa de topar con una mujer por completo extraña, que si bien correspondía con los datos generales de un segmento de historia conocida, las imagenes expuestas reflejaban la alegoría visual de un escaparate concupiscente del Barrio Rojo de Holanda. Con un ramillete de dudas taladrándole la cabeza, miró con detenimiento la foto donde exhibía el amplio escote rojo del que se marcaban los sonrientes bordes de dos areolas morenas, bajo unos labios contraídos a semejanza de vulva ardiente. Imbuido de un titubeo que le producía irrigación sudorosa en las axilas, observó de nueva cuenta diferentes fotografías con el propósito de identificar otros rasgos que ayudaran a confirmar su identidad.

El atrevimiento resultó un recorrido desquiciante por una colección de diminutas tangas, con la técnica manida de quien pretende reinventar el erotismo recurriendo a los lugares comunes: Playas desérticas, fosas naturales, ángulos selváticos como supuestos edenes virginales, distintos escenarios que enmarcaban la precisión curvilínea de la mujer y favorecían el contraste corporal con los escenarios naturales. Para el manejo de pulsiones hirvientes que dominaba a Diego, las imágenes le revelaron a una extravagante y desinhibida Afrodita que, pese a lo antojable que resultara la hembra, nada tenía que ver con la santa a quien pensaba depositar lo mejor de sus sentimientos e intenciones.

Medio año de noviazgo sin un apreton de manos sudadas. Amor de catacumba que la *vox populi* daba por hecho. Por fin un beso carente de la malicia chispeante del auténtico picorete. Al término del romance, antes de un año, diez ósculos en total, de los cuales resultó más lasciva la palabra que el contacto mismo, limitado al frote superficial entre labios. ¡¿Y ahora?! Ahora topaba con lo que a todas luces parecía una piruja hecha y derecha que amenazaba con demoler los recuerdos más inocentes de su memoria afectiva.

Oscilar entre la decepción, el aferramiento a la esperanza anclada en el pasado y el brote de una líbido espontánea, lo sometía a una confusa densidad de humo gris frente a los comentarios soeces que leía debajo de una imagen, donde una diminuta braga cerúlea resaltaba el tremendo corazón glutesco de bronceado uniforme.

Tuvo que aguantar tremendo coraje entripado cuando leyó la lista de piropos que en su opinión constituían un alud de pornografía verbal. Leer comentarios del tipo *ummm ke melones tan ricoxxx*, eran ejemplos de decencia ante demeritables lances que sólo deben permitirse en privado con amantes y prostitutas, ¡nunca en público!, sentenció, afilando el par de ojos que remificaba venas. Y mientras buscaba la imagen que lo sacaría de la duda, advirtió con una mezcla de perplejidad e indignación, que Almendra jamás demostraba molestia alguna por la retahíla de procacidades de sus comentadores. Inclusive disfrutaba poniéndo deditos al cielo a los comentarios que le resultaban más agradables, por supuesto, los que a Diego le parecieron más soeces ¡Pfuta madre! ¡¿Cómo es posible?!, susurraba a la pantalla como si contuviera las ganas de soltarle un puñetazo. Algo anda muy mal, muy mal, pensó con desconcierto y volvió al ataque:

Veo que has cambiado bastante para bien

Por unos instantes albergó la esperanza que todo este cuadro de horror resultase una lúdica equivocación, propia de los divertimentos habituales que tienen curso en esta red social. Obligado a pensar que estaba pagando el precio de la morbosidad feisbuquera, procedió a rastrear con lupa las pruebas que lo llevarían a confirmar esta sospecha. Tuvo que reconocer que esta probable usurpadora, o, por lo menos, homónima transgresora de la Santa Almendra de Su Corazón, estaba súper antojable desde cualquier ángulo que se la mirara. Cómo no rendirse a esa piel esculpida con espátula de disciplina deportiva, que parecía engullir cada nutritivo alimento para embutirlo específicamente en el contorno que lo requiriese su curvada anatomía. Caray, si tan sólo se hubiera atrevido a pasarle las manos por las nalgas, de seguro alojaría el febril recuerdo de aquella carne. Recuerdo que hoy sería de utilidad para una aproximación mental a lo que sus ojos atestiguaban. Glúteo izquierdo opacando un fondo selvático, glúteo derecho en el crepúsculo del atardecer, senos ocultos en la superficie cristalina de un río, labios contraídos, brillantes de rojo salival. ¿Qué ocupación verdadera tendrá esta *master en coaching mayéutica* que embobaba a los feisbuqueros con aire de encueratriz?

Revisó de forma acuciosa el historial feis de años anteriores, donde corroboró la vocación exhibicionista de la exrecatada mujer. Por momentos, el deleite se extendía en largos paréntesis que lo hacían olvidar la investigación. Constató un afán de congruencia al ostentar curvaturas desde todos los ángulos posibles, eso sí, siempre con minúsculas prendas que ocultaban con delicado pudor el más insignificante asomo de vello púbico. Y aunque Diego apreciaba la imagen de pulcritud que inspiraba este detalle, para efectos eróticos, sentía encontrarse lejos de cambiar la amazonía caótica del pelambre femenino por la piel pulida de la entrepierna. Claro está que tratándose de su primer amor esta nimiedad ni siquiera sería considerada *pecatta minuta*, definitivamente preferiría encontrarle gusto al pubis lampiño. Miró la imagen típica de la pose de perfil con una pierna ligeramente flexionada y las manos sosteniendo la cabellera aglutinada hacia arriba, enfocando hacia la lente una mirada fogosa con labios carmesí. Amplificó la fotografía. Al inevitable deleite instigado por las sensuales protuberancias de la mujer, su mirada se paralizó en las inconfundibles orejas de soplillo, de las que colgaban unos diminutos aretes con figuras de corazón, que recordó habían sido obsequiados por sus padres en la ceremonia de bautizo. Esas orejas que semejan alas y que apreciaba como un rasgo de distinción singular, hoy le parecían símbolo de procacidad, al mostrar aquellos colgantes adornos de pureza en un cuerpo sin pudor. Pinche vieja descarada, remató furioso, al momento que recibió la anhelada respuesta a su mensaje:

Gracias. Si me vieras en persona te sorprenderías!

Sus palabras las recibió como un crochet boxístico. No daba crédito a lo que leía. La Almendra de los dieciocho jamás se hubiera permtido semejante holgura de carácter. Bien recordaba que apenas recibía un halago cualquiera sonrojaba, parpadeando con una sonrisita nerviosa. Aferrado a la ilusión del pasado, volvió a sospechar que alguien estaba usurpando su nombre y fotoshopeando su imagen. Pero las orejas de Jumbo no engañan, pensó. Ciertamente constituían la prueba contundente de su forzado aterrizaje en tierra. ¿Eres escort de media tabla o de plano güila transparente? ¿O acaso disfrutas tu tiempo libre como exhibicionista, *master en coaching mayeutico?*, pensó en tono recriminador. Pero...

Siempre has sido muy bella. Solo que con el cambio de look *te encuentro sensualísima.*

Le invadió la sospecha de que algún espíritu chocarrero de la red le estuviera jugando una broma infame en el recuadro del chat: *Estoy libre, quieres?* Expresión que lo dejó tambaleando por unos instantes. Aquella Almendra de la prepa nunca se hubiera permitido un titubeante asomo de liberalidad. La tortuosa sospecha de que estaba siendo objeto de una terrorífica broma a cargo de algún infaltable pasado de listo, lo tenía sumido en una bruma de esmog. ¿De verdad existirá un duende en el feis? *Por supuesto, contigo siempre querré*, respondió Diego, y, de súbito arrancado de la cautela, añadió: *Siempre te he querido,* sintiendo la dulce descarga de la obsesión acumulada durante años. *No hablo de amor. Vuelvo a la pregunta, ¿Quieres?* Creía encontrarse en un váguido de confusión. No entendía. Mejor dicho, sentía estallar en signos de interrogación. Qué dolor tan grande le estaba causando reconocer que su primer amor, el que solía recordar con una añoranza imbuida de ternura, ahora parecía un espejismo virtual que lo obligaba a la aceptación de un cambio extremo. *Bueno. Tomamos un café y charlamos ¿no?,* soltó, sintiendo que la nerviolera le perforaba aún más la inseguridad. *Jajaja soy una mujer adulta y tú te comportas como un adolescente, dejate de tonterías.* El calor aposentado en la cabeza se transformó en lava a punto de salir expulsada por los oídos. ¿Qué hago? ¿Qué respondo?, se preguntó ansioso antes de escribir su determinación. Él hubiera preferido interactuar con la Almendra que lo ayudaba al entendimiento de la lógica y matemáticas, de manera paciente y pedagógica. Ahora, por lo visto, echar un café parecía costumbre superada en el calendario de la segunda década del nuevo siglo, sin contar que los cambios de actitud operados con la evolución de la virtualidad, lo despachaban directo y sin escala de regreso hasta al siglo diecinueve. *Ok, cuándo nos vemos.* La interlocutora reviró de inmediato: *comencemos...* ¡¿Quéeeeee?!, se preguntó frente a la pantalla. ¿No estará loca?, y enseguida soltó con candor: *¿Cómo que "comencemos"?.* Y Almendra devolvió, cual balde con hielo: *en este momento, aquí mismo.* Sin remota idea de lo que sugería el viejo amor, atrevió a preguntar: *¿Cómo?* La indulgencia de Almendra demostró una insospechada audacia para desconocer límites: *mi lengua comienza a buscar la tuya, siéntela, es caliente.* Anegado en confusión, como la aldea anegándose por el desbordamiento de la presa, no atinaba a interpretar el significado de estas palabras, como tampoco la inevitable irrigación sanguínea que se concentraba en su entrepierna. *siente mi lengua suave y caliente, mi saliva entrando a tu boca.* La expresión evocó una imagen que afloró sensaciones confusas y excitantes que lo imposibilitaban a pensar en la respuesta. Por supuesto que había recorrido un largo kilometraje por los divertimentos de los adultos licenciosos. Expresiones semejantes, incluso más lascivas y explícitas, había escuchado en voz de suripantas que alquilaba cuando se le hinchaba la gana. El problema es que su mente no aceptaba que tal inventario de abyecciones proviniera de su primer amor. *ummm que rico besas, si lo hubiera sabido te beso así desde la prepa.* El lance tocó las fibras sensibles de la añoranza. Intentó precisar una oración salvaje que correspondiera sin piedad el embiste, pero acaso nomás consiguió el breve balbuceo de un párvulo pecaminoso:

Rico, muy rico...

apriétame fuerte las nalgas!!...

¿Así?...

así, asiiiii...

Ricas nalgas, nalgas ricas.

El improvisado intercambio continuó su curso en grados ascendentes bajo la batuta femenina. Diego se limitó a imaginar cada sugestiva descripción con la actitud complaciente del amante pasivo. Quién lo iba a pensar. En otros tiempos, Almendra rehusó los insistentes cotejos de Diego, porque expelían la energía picosa de los golfillos. Ahora, bajo el salvoconducto clandestino de la red social, quien pretendía desacralizar el viejo romance de ternura seráfica, era esta vieja loba de mar virtual. Quién lo iba a pensar.

tocame la vulva... verda que es suavecita? Diego se permitió resbalar por puntos suspensivos en los que sintió el comienzo de una conflagración. *sientes mi mano dentro de tu pantalon?...* Se guardó bajo los parpados para intensificar la encerrona con esa mano lasciva, que hurgaba a capricho en la selva fértil de su entrepierna. *que rica verga tienes*, soltó Almendra. El eco de esta expresión encumbró su ego disminuido, desatando el instinto que lo llevaría a envolver el canuto con su palma izquierda. Se encontraba bordeándo la orilla de una hoguera repleta de maderos. Sin reparar más en dubitaciones, comenzó a deslizarse al ritmo del sugestivo intercambio, donde cada palabra recorrida con la vista resonaba el sonido lúbrico de los aullidos susurrantes de Almendra. Pero una disonancia impedía armonizar el recuerdo del proceder recatado, pudoroso, aquí convendría escribirlo con todas sus letras: m-o-j-i-ga-t-o, con las expresiones de flagrancia obscena de la misma mujer, irremediablemente revolucionada por los audaces patrones de conducta del nuevo siglo.

siente cómo me muevo encima de ti... ¡Ooh!... Diego se acariciaba en subeybaja, imaginando la secuela literal de estas expresiones. *mas mas*. El frenesí desbordado de los monosílabos apuntaló su instinto de actor porno, pero, a la vez, se sintió enamorado, perplejo y caliente hasta la ignición. *vente en mi boca, vacíate*. Una exhalación prolongada llegó con la descarga, provocándole un torpe balanceo frente al celular y una hebra de babilla saliéndole de la comisura de la boca, como señal del desconcierto.

¿Terminaste amor?, escribió Diego, aún con la respiración colvulsa. Esperó la respuesta, pero no llegaba al recuadro del chat, ni siquiera como monosílabo. *Almendra, amor ¿estás ahí?* La zozobra aumentó aceleradamente los latidos. ¡¿Qué hago?! La sensación de impotencia anunció el veloz descarrilamiento, cuando miró las gotas de semen reposando en paz sobre el dorso de su mano. ¡¿Quééé haaagooo?!

Vio desaparecer el nombre de Almendra del chat. ¿Qué sucedía? Sumergido en una maraña de confusión, no atinaba un reflejo frente a lo que sospechó constituía una historia viva de horror. A la espera de volver a encontrar el nombre de Almendra en la red, pudo aproximar un pensamiento de mediana claridad, motivado en el asombro que le provocaba esta civilización desbocada en lo virtual:

Había experimentado el facebook como quien disfruta un oasis en un planeta inánime. En tan pocos años descubrió seres desconocidos, transmutados por el tiempo y tal vez por el apego embriagado a la red. Cavilando acerca de estos pensamientos, advirtió de nueva cuenta la diminuta foto de perfil de Almendra, emergiendo en el recuadro del messenger. Agitado de inquietud, enfocó su vista el mensaje:

te la creíste idiota! ni lo sueñes, bye.

Políticamente correcto

A Frank Zappa

Pese a los sacrificios que trajo la valiente decisión de renunciar al trabajo, Emilio aferraba el instinto y el ingenio a reivindicar la utopía de la independencia. Trabajar en casa imponiéndose un horario extenuante, con regularidad más exhaustivo que cuando alquilaba su mano de obra a un individuo de ralea explotadora, carecía de importancia ante la satisfacción de determinar por cuenta propia el horario y periodos de descanso, de acuerdo a necesidades de trabajo o caprichos, incentivos que se sobreponían incluso al desgaste físico y mental.

El régimen de trabajo autoimpuesto para la realización del sueño de una vida "merecedora", como gusta llamarle al confort que no se restringe a ganarse la chuleta, precisaba largos periodos de confinamiento que se traducían en el menoscabo de su actividad social. De no ser por alguna sobrina necesitada de dinero, la comunicación con otros semejantes apenas si se limitaba a los clientes de su agenda.

Sumido en cierto hartazgo de soledad y fastidio por el

prolongado encierro al que obliga la carga de trabajo, recibió la visita inesperada de Leonora, amiga de la primera juventud, con quien compartía el desayuno y conversación acerca de los planes para la siguiente etapa de sus vidas, en la que Leo, por ejemplo, se visualizaba en algún engranaje del comercio internacional, y Emilio en la abogacía.

Un arranque de nostalgia motivó en Leo la superación de los agravios del pasado. Convencida que las ofensas del ayer resultan no más que nimiedades magnificadas por la inmadurez y los temperamentos de la edad, consideró que había llegado el momento de reconstruir los afectos que se volvían indispensables en tiempos de fuerte adversidad y definiciones de vida. Después de todo, los dos se encontraban bajo el yugo obligado de la soledad y, a veces, tan solos como adolecer de la ausencia de sí mismos.

Emilio prodigó una recepción vehemente que al instante anuló el rescoldo de suspicacia que albergaba Leonora. Semejante bienvenida estimuló el ánimo por confiarse los acontecimientos comprendidos dentro de aquel periodo de berrinchuda ausencia de comunicación. En resumidas cuentas, los asuntos giraron en torno a la separación matrimonial de la amiga y la nueva etapa emprendedora de Emi.

—Ah, mira. ¿Y todavía le lloras?

—Ya no.

—Haces lo correcto. No vale la pena…

—Y tú, ¿cómo vas en el negocio?

—De maravilla, ampliando mi agenda de clientes. Ya no me doy abasto.

—Aaahh, que bien.

Las subsecuentes sonrisas que precisaron en sus rostros, colgadas de una pausa breve que pareció suspendida en la eternidad, delataron los pensamientos ocultos que cada quien creyó leer en la mente del otro. Durante ese instante fijado en el tiempo, ambos volvieron anidar la desconfianza mutua de años pasados. Leonora creyó leer una intención oculta en la aparente espontaneidad de la pregunta por su ex. La respuesta no podría sino devolver una mentira para evitar, o postergar en todo caso, la apertura de la puerta para una previsible recriminación. Emilio, por su parte, evitó concluir el comentario con la improvisación de puntos suspensivos —"No vale la pena…"—, con lo que sorteó la mención hiriente del nombre Ricki, lo que hubiera provocado una renovada deserción en su cada vez más reducido circulo de amistades.

—¿Con quién sales ahora? —preguntó Leonora, más por romper el pesado silencio que por una curiosidad genuina.

—Pussss, a´i nomás me divierto de vez en cuando —vaciló contra su voluntad—. ¿Y tú?

—Por ahora con nadie —respondió con sinceridad.

—¿Ves alguno de los amigos?

—No los veo, pero sí nos comunicamos muy seguido —respondió, despertando el súbito interés de Emilio.

—¿Se llaman por teléfono? —sus ojos resplandecieron con la pregunta.

—No. Los veo en el feis —dijo, provocando el aumento de la curiosidad de Emilio.

—A ver. Explícame cómo es eso de feis.

—¡¿A poco no conoces el feis?! —preguntó con asombro.

—Es que por el trabajo no tengo tiempo –justificó, para ocultar su estrecho conocimiento en las nuevas herramientas de comunicación.

—Uuuh, Emi. Vives en las cavernas en pleno 2012 — ironizó Leonora en tono de broma.

—Uso el internet para escuchar música, a veces para checar el meil —enmendó—. A ver, enséñame cómo es el feis.

La computadora transmitía el Triple Concierto de Beethoven, con Itzhak Perlman, Daniel Barenboim y Yo Yo Ma, a través del youtube. Con una maniobra ágil, Emilio suprimió en forma violenta la música. ¡Para qué quitas la música!, recriminó con seriedad la amiga. Para concentrarme al cien por ciento en tu explicación, justificó. Ummm… Luego de completar los pasos que dispondrían la nueva cuenta facebook, Leonora procedió a explicar el funcionamiento con la suya, a través de la cual fisgoneaba y mantenía comunicación con más de trescientos amigos a diario. ¡¿Amigos?!, preguntó asombrado. Emilio tenía presente lo selectiva que solía ser esta amiga, tratándose de dirigirle la palabra a las personas. ¡Uy!, y a diario recibo invitaciones para aceptar nuevas amistades. Mira…, mostró Leo. El rostro de Emilio se pasmó al advertir que entre los solicitantes de amistad se encontraba un chef de prestigio, un cultivador de plantas de ornato, un vago ¡¿Vago?!, exclamó Emilio. Él dice que se dedica a vago, pero mira qué guapote está, justificó la amiga y enseguida presionó un pequeño recuadro. ¿Qué indicación hiciste?, preguntó. 'Confirmar'. Ya es mi amigo. A ver, muestrame cómo se hace, solicitó Emi, interesado.

Leonora le compartió todos los conocimientos de la herramienta adquiridos estos años como usuaria habitual del facebook. Luego convino en responder las preguntas del amigo:

—Oye, ¿Y tienes como amigos a conocidos de la prepa? —inquirió con entusiasmo Emi.

—¡Por supuesto! A varios los encuentras a todas horas. Mira —enseguida le mostró las imágenes de perfil de ocho viejos conocidos—. A través de tu cuenta puedes solicitar su amistad o enviarle un mensaje privado.

Leonora dio por terminada la clase express que lo dejaría listo para navegar por el inabarcable océano de la popular red social. Luego se despidió, no sin antes solicitar la amistad de Emilio por el feis.

—Es tu primer ejercicio —dijo, imprimiendo un beso en la mejilla que acompañó del "Bueno, ya me voy".

Quedaron en comunicarse por el feis para acordar una cita próxima, en la que continuarían charlando acerca de una larga lista de temas pendientes que acompañarían de café.

Emilio experimentó este primer acercamiento al feis como un burbujeo cálido que le inundaba el cuerpo y bullía a mayor temperatura en sus pensamientos. ¿Era el facebook la nueva forma de la socialización? Se preguntó electrizado. Desde que había incursionado con actitud optimista en la independencia laboral, experimentaba un sentimiento paradójico que semejaba al destierro. Siempre disfrutó con fascinación la pertenencia a un grupo donde compartía afinidades y diferencias, pero esta costumbre pertenecía al pasado. Ninguno de los grupos de amistades tenía vigencia. Inclusive llegó a considerar que la culminación de aquellas relaciones simbolizaba una especie de purificación metafísica que le enviaba el cielo, para liberarlo de tantos bultos cargados de traumas.

Decidió trabajar de manera contínua hasta terminar un asunto pendiente y luego se permitiría unos minutos de navegación por el feis. A su lado continuaba la recién estrenada página del librodecaras, emitiendo una constante y poderosa fuerza de atracción. Minutos después terminó por sucumbir a toda prescripción ética del deber, para dedicarse a curiosear algunos nombres, que a su vez lo llevarían a buscar otros nombres y otros. Cautivado con fotografías en las que creía descubrir aspectos desconocidos de sus antigüos amigos, cuya mayoría mostraba una felicidad inagotable, confirmada por los datos e imágnenes publicados en los perfiles, donde destacaban la realización plena de sus vidas y un éxito a prueba de sospechas, Emilio reparó en la amargura propia que le estaba rubricando el aislamiento prolongado. Sus conocidas desbordaban sensualidad o una belleza sobria que las revelaba en el cenit de la madurez. Los amigos se mostraban redondeados por los años y llenos de kilos de bienestar. La constatación de esta exhibición de felicidad interminable, desmentía de manera contundente la existencia de una supuesta generación de matrimonios colapsados. Insignificante mi vida, pensó, y tuvo la sospecha que frente a este imperio de la sonrisa eterna, la frialdad y desconfianza callejera no eran sino meras ilusiones ópticas. ¿El amargado soy yo?, volvió a sospechar frente a este gigantesco tsunami de dicha eterna.

A todos envió solicitud de amistad y para su sorpresa muchos la aceptaron casi al instante, agregando preguntas del estilo: *Kmo stas?!!! K gusto!! K t has echo?* Respondió cada expresión con nuevos comentarios e interrogantes que alargarían el efusivo intercambio durante unas horas. Apareció un pequeño recuadro en el ángulo inferior derecho, seguido de una imagen de Patrick preguntando acerca de su vida. Pese al desconcierto por su deficiente manejo de los recursos del feis, consiguió entablar una interacción que lo puso al orden del día con esta amistad. Continuó el intercambio hasta que una distracción desvió su mirada al reloj, justo cuando atravesaba el momento inescrutable e intangible de un nimbo de felicidad. No deseaba salir del feis. Volver a encontrar antiguas amistades lo tenía inmerso en un torrente de excitación que no deseaba concluir todavía. Con una lápida de culpa en la conciencia, intentó reactivar el trabajo en la proximidad de las cuatro de la mañana, pero el cambio de atmósfera mental descargó de golpe un cansancio imposible de sortear.

El olor a baba hedionda suscitó en Emi la reacción de la vigilia. Traicionando su inquebrantable código de ética laboral, tuvo que marcar al número telefónico del cliente para justificar con mentiras su incumplimiento. No tuvo otra opción que esgrimir una infección estomacal que lo tenía adherido a la taza del baño. Pondría manos a la obra en el asunto que entregaría en dos días, con esta convicción presionó el botón de encendido de la computadora. Pero, cuando abrió el programa de trabajo, su vista resultó imantada por el ícono de facebook. Apenas si entró tantito a la red social cuando apareció en el recuadro del messenger el nombre de Rosalía, preguntando por su condición actual. Al cabo de la primera respuesta, se enganchó en un intercambio de recuerdos, informaciones y emotivas propuestas para citas próximas.

Por segundo día consecutivo bajaba el párpado hasta la madrugada, sin haber conseguido avanzar en los trabajos comprometidos. Al día siguiente, al "despertar" la computadora, volvió a topar de nuevo con su página feis, en la que encontró docenas de notificaciones y ¡hasta invitaciones a eventos! Bastante para un recién ingresado al mundo de la red social. Luego de unos minutos de trabajo efectivo, tan brevísimos como los segundos, se permitió la licencia de revisar "rápidito" la intensa agenda que imponía el librodecaras. Durante la consulta de la actividad, creyó encontrar el canal de amplia cobertura que necesitaba para encauzar el sinfín de inquietudes reprimidas durante su larga temporada de aislamiento. Subiría imágenes de sus cuadros favoritos, las poderosas citas que encontraba en el camino y expresaría opiniones que se había guardado durante todo este tiempo. A la distancia de los años, consideraba que había crecido en madurez a base de vivencias, lecturas y soledad, y le entusiasmaba pensar que sus amistades habrían de dar cuenta de esta evolución.

Trabajó con grandes dificultades los siguientes días. Jamás un encargo había representado un desafío mayor para su talento. Ahora la creatividad y plasmación de ideas se desenvolvía en fuerte tensión con el imán distractor del feis. Por vez primera entregaba tres diseños que lo dejaron penosamente insatisfecho. Gracias a la confianza obtenida por trabajos anteriores, pudo librar estos compromisos sin reclamos, ni observaciones de importancia.

Como nunca, experimentó el regreso a casa con el deseo ardiente, unidimensional, de entregarse al facebook como única distracción de fin de semana. Había sucedido tan rápido el proceso de asimilación de la herramienta, que consideró superada la etapa de novatez. Debajo de la imagen de la pintura de Vincent Van Gogh, "Autorretrato herido", posteada por Mario Castelán, a propósito de la fecha luctuosa del pintor, se encontró una lluvia de pulgares aprobatorios y comentarios soeces de viejos conocidos que apuntaban a la incomprensión del *dibujito*. Emilio no pudo evitar el asalto de cólera ante la insolencia que prodigaban a uno de sus pintores favoritos. Pero la experiencia dolorosa del aislamiento, proveniente también de un déficit de carisma, le había enseñado a taparse la boca. Aprendió que el silencio asegura amistades y consecuentar opiniones garantiza permanencias. A punto de pasar al siguiente *post*, apareció un nuevo comentario proveniente de la inspiración luminosa de Gina:

Cuantos habra cumplido su orejita? jajaja

La expresión movió el picaporte que liberó el toro desbocado de la ira. A botepronto devolvió un certero teclazo:

Ni cómo hablar de la importancia del expresionismo y su evolución, con quien ni siquiera entiende el simbolismo de la anatomía en el arte.

Asestado el golpe, sintió descargar el encabritamiento provocado por semejante mordacidad. Prosiguió con mayor ímpetu en la exploración de posteos. Encontró varios que habían sido transmitidos en serie a diferentes horas del día, y que recibían notables muestras de encomio: *camino al trabajo*, decenas de pulgares al cielo, *qué flojera!!,* lluvia de like, *tengo hambre*, deditos y algunos comentarios: *chúpate el dedo grande... unos tacos pa la dieta con una coca lai... yo tambien!!...* y, por supuesto el infaltable *hahaha*. Emilio reaccionó como atrapado bajo una descarga de estupefacción y escepticismo. Descreía que uno de los amigos más distinguidos de la prepa, Jacobo, que a sus diecisiete había leído la *Montaña mágica*, *Los hermanos Karamasov, Cien años de soledad*, único compañero que conocía por voluntad propia todos los museos de arte la Ciudad de México, y que poseía un lenguaje escrupuloso acorde con esta formación, desplegara tal procacidad con la suficiencia de una estrella de la farándula.

¿Qué había pasado durante estos años, que la sorprendente evolución de la tecnología correspondía en proporción inversa a la estupidización, que exhibían sin pudor los amigos más sobresalientes de sus años estudiantiles?, se preguntó ofuscado y sorprendido mientras curioseaba los posteos de Jacobo, donde constataría un historial de imágenes que apuntalaban al encumbramiento de su egolatría. Él, que enseñó a la camarilla de ígnaros preparatorianos a apreciar el arte de la pintura, ahora se solazaba con absoluta naturalidad en la exhibición impúdica de un narcisismo hiperbanal. Pensó el tema durante unos instantes, pero el asombro mutado en perplejidad, luego en irritación, lo impulsó a dejar una huella definitiva en el muro de su antigüo amigo:

Por lo que veo, sepultaste en los años de juventud al Aliosha que albergaba inquietudes extravagantes como las de Hans Castorp. Es una lástima. Como dice la canción: De aquello nada queda.

Jacobo nunca lo volvió a pelar. Horas más tarde, cuando le bajó la combustión de la rabieta, Emilio se autoinfligió la primera recriminación severa por haber traicionado el compromiso de velar por sus volubles calenturas. Lamentó la expresión y mucho, pero optó por asumir lo escrito y no retractarse. Se convenció que el mensaje contenía un acto de ejemplar franqueza, congruente con su habitual forma de conducirse en esta vida. Si bien conllevaba un tufo de indiscutible arrogancia, estilo a todas luces inapropiado en esta inmensa comuna de cordialidad y complacencia expansiva, el arranque de sinceridad no contenía un ápice de hipocresía. ¡Ya ni modo!, se dijo, convencido de lo irreversible del acto.

A diario vivía la sensación de entrar en un paraíso al momento de encender la computadora. Cualquier nuevo registro, por irrelevante que fuera, respondía a una emoción superlativa, no importando lo fugaz que resultara. Topó con el muro de Alejandra, la compañera feminista que amonestaba con sesudos argumentos a cualquier emisario de la vieja cultura machista. La notó acabadona. Inevitable advertir cómo las mejillas flanqueaban con cierta holgura la barbilla, tejidas de una red de diminutos pliegues donde la profundidad de los surcos parecían ponerle números al paso del tiempo. Misma telaraña de simpáticas arrugas en la parte inferior de sus ojos cafés. Una bella forma de esculpir el rostro a punta cincelazos que, por más despiadados que hayan sido, parecían moldear con precisión una inteligencia que le confería seguridad. *¿Qué hay de tu vida de promiscuo galante?*, inquirió la amiga. Al leer semejante sablazo, no atinó a disfrazar la respuesta adecuada, como exigen los códigos de una autoestima engañosamente sólida: *No, pus cual, ya ni salgo...* respondió. *Cómo crees! No lo puedo creer.* Dolía reconocer lo sabido en las palabras de la amiga. Pudo haber escrito una pequeña mentirilla. En este mundo buena onda del feis, solapar un atisbo de realidad es cosa ordinaria. Todo mundo ríe — *hahaha*— y cotorrea de forma habitual, como si esta comunidad de bienfelices no perteneciera a un país donde reina la impunidad, el subdesarrollado, el crimen y la corrupción hasta en las coladeras. *Oye amiguito, una pregunta entre nos: todavía se te para?* Emilio quedó paralizado frente al monitor. Hija de la chingada. A esta vieja no se le quita lo cabrona, expresó frente a la pantalla, sobresaltado por un ataque contenido de rabia. A toda prisa recorrió el historial feis de Alejandra, con el propósito de conseguir alguna pista que revelara el lado de donde cojea esta iguana. Las referencias virtuales estaban plagadas de mensajes reflexivos acerca de la condición humana. Tuvo que reconocer que las frases resultaban contundentes y provocativas, alejadas años luz de la chabacanería del autoayuda. Antes de contestar echó un vistazo a los álbumes de fotografías, encontrando para su sorpresa que Alejandra poseía una inclinación ferviente hacia los viajes. No encontró hendidura por donde devolver la provocación. *Tu silencio otorga, amigo.* A la fecha se había hallado bastante seguro en la intereacción del feis, pero las expresiones de Ale lo instalaban en el filo de un acantilado que lo lanzaría al precipicio en caso de perder el control. Logró identificar un detalle revelador que uniformaba todas las fotografías: sea con el fondo de la Torre Eiffel, en Machu Picho, en Xochitepec o en aguas apacibles venecianas, en todas se encontraba sonriente con una mujer distinta. ¡Aahh ja jaaa! Creyó encontrar el flanco por donde lanzar el pelotazo. Pero el destello de La Gran Enseñanza contuvo el ataque: No Juzgar, no juzgar, no juzgar.... *A poco ya le entras al cibersexxx?*, volvió al ataque la amiga, ante la aparente ausencia de Emilio, quien con las vísceras acalambradas se repetía sin parar: No Juzgar, no juzgar, no juzgar... *Te presento a mi prima, tiene nuestra edad, figura perfecta, eso sí, tiene la cabeza hueca, pero no te vendría mal una talla D, qué te parece?* El ofrecimiento le resultó untada de chile piquín en la rozadura. ¡Pinche vieja, se está burlando de mi, ofreciéndome una tarada!... No Juzgar, no juzgar, no juzgar... En la efervescencia de pensamientos se coló un remanente de cordura. Durante estas semanas de rutina obsesiva en el facebook había reencontrado a los amigos de la prepa, el pequeño grupo con quien descubrió la mota, las pautas liberadoras de la cultura, la navegación por los mundos de la pluralidad y la diversidad. Con ellos, no en la familia, absorbió la semilla que a la postre lo llevó a cambiar el mundo de las barandillas por la lúdica pasión del diseño gráfico. Respiró profundo para procurarse tranquilidad. ¿Por qué le angustiaban los desenfadados comentarios de su amiga? ¿No acaso así se llevaban desde los años del bachillerato? *Dime una cosa, prefieres falos?* No Juzgar, no juzgar, no juzgar... Mejor ignorarla. Lo cierto es que al cabo de un cuatrimestre de socialización virtual, ninguno de los amigos reencontrados parecía dar señales de continuar husmeando en sus posteos. Mínimo consuelo que esperaba, luego de la indiferencia bien merecida por sus impertinentes comentarios lanzados en este paraíso de la felicidad, que exige con sutileza tácita la participación políticamente correcta de quien se interese en formar parte del perdurable intercambio de lisonjas con sabor a espejismo.

Erny, Luigi, Leonora, Claus, Tony, Alma, Moi, Carlos, Gina, James, Jacobo, habían dejado de pertenecer a su circunferencia afectiva desde que emanó humores insufribles de espadachín dispuesto a poner al mundo en su lugar. Con el descubrimiento de las redes sociales creyó posible el milagro de volver a cruzar historias. Pero con ninguna de estas amistades pudo transmutar la condición fantasmagórica de lo virtual, a la de especie expulsora de flatulencias risueñamente reprobables. No te hagas, tú eres una pinche lesbiana, pensó escribir como respuesta. Pero entendió que el relato de su propia desembocadura en el presente, no era sino la merecida soledad que lo estaba condenando al olvido.

Devoción

Enamorada desde niña, aseveraba, como quien asume una pasión con el fervor que inspira la fe. Solía decirlo con tal convencimiento, que quien la escuchara recibía la impresión de que una vez alcanzado este propósito supremo, no existían más guiones por descubrir o inventar en la vida de esta mujer, sólo persistir en la congruencia de los actos con esta prédica.

El compendio de vivencias y personas que conforman los relatos de cada individuo, en Anís estaban condenados al agujero de la amnesia. Consideró trascendentes algunos acontecimientos febriles de su impetuosa soltería, pero el feliz presente de mujer casada diluía las intensidades y los tonos de los recuerdos hasta su casi extinción. La inmensa dicha que estimulaba el compartir sus días con el hombre que cinceló la huella más profunda en su vida, se imponía sobre toda refulgencia juvenil aferrada a la remenbranza.

Oronda, afirmaba haber nacido para él, con el tonillo de quien lleva a cabo una ejemplar proeza. Los actos propios carecían de relevancia frente a cualquier faena ordinaria de su media naranja.

Y con orgullo desmedido publicitaba por igual asuntos de realce de su amado, como incontables bagatelas que inclusive para él carecían de importancia.

Este presente venía construyéndose desde hace una década. Los continentes, los mares, los países eran piezas insustituibles de una pangea conformada por este hombre que rebosaba magnetismo hasta en las grietas y los subsuelos de esta mujer. Para Anís, él constituía el anhelado eslabón perdido en su cadena evolutiva, sin esta preciada pieza se concebía en vez de armazón de cristal forjado, ruina de una estela de corrosión que desvanece hasta las huellas fósiles.

Anís acostumbró vaciar su existencia en la vasija sin fondo de Sabo. A falta de vida propia, o mejor dicho, a falta de curiosidad para descubrir fulgor en las pequeñas cosas de la cotidianidad, los contados temas interesantes de Anís siempre devenían en los guiones reiterativos y previsibles que provocaban hartazgo en el escucha. Arriesgarse a escucharle algo nuevo implicaba la obligación de continuar oyendo fragmentos de las historias ya conocidas. En tiempos de soltería esta peculiaridad solían soportarla entre tres amigas, ahora, en condición matrimoniada, el peso de esta distinción recaía principalmente en el amado.

La adicción al sexo, a la que se entregaban con frenesí como cualquier pareja primeriza, resultó el indispensable paréntesis de salvación frente al machaqueo rutinario. Y, si bien se desarrollaba en paralelo el conocimiento profundo que suscita la convivencia diaria, lo cierto es que Sabo prefería simular con actitudes de afecto el sinsentido cada vez mayor que le producía el tedio. Para su suerte, el trabajo lo rescataría del socavón del matrimonio. Antes buscaba la forma de robarle unas horas a su actividad profesional para disfrutar el mayor tiempo posible con Anís. Inclusive pidió al jefe de sección permitirle cubrir protestas de todo tipo, que se llevaran a cabo en el perímetro de la zona metropolitana. Cuando escaseaban las protestas cubría cualquier asunto de sociedad, por ejemplo, la preocupante extinción de las pulquerías citadinas o los oficios de sobrevivencia a los que se dedican artistas marginales de talento indudable; cualquier tema que no lo sustrajera demasiadas horas del hogar. En cambio, hoy ponía el sanjuditas de cabeza para que lo enviaran a reportar cualquier acontecimiento fuera de las fronteras mexicanas. Necesitaba oxígeno con urgencia antes de reventar como bomba de goma de mascar.

Inventó un viaje de trabajo a Sonora para investigar el caso de la extinción de la comunidad yaqui. "Escape", le llamó en el sotano de su conciencia. Invención a medias, porque el reportaje lo realizó en una semana y optó por vivir otras dos semanas en un hotel del Centro Histórico de la Ciudad de México, donde por las noches bebía en la barra del bar de la planta baja, conversando con cualquier desconocido. Una que otra vez alquilaba el servicio de prostitutas para evitar el exceso de bostezos o sofocar el asomo de una deflagración. Había llegado el tiempo de la internet, y a través del uso del correo electrónico se enteraba de las nimiedades que sin empacho repetía Anís, y que contestaba cada tres días con un: me encuentro muy ocupado... te extraño.

Le estaba tomando gusto al Hotel Isabel. Faltando un par

de días para volver a casa, se dedicó a pensar la justificación que esgrimiría para alojarse una semana más. La verdad es que no tuvo que pensar mucho el pretexto, su trabajo permitía el sin fín de resquicios por donde fugar, sólo tendría que convencerse de llevarlo acabo y simular de forma creíble la justificación.

Los "escapes" se convirtieron en *modus operandis* para la salvaguarda del matrimonio. Durante los años subsiguientes reportó el sinfín de episodios que acaecieron en este hervidero llamado República Mexicana, donde los conflictos difícilmente se resuelven, en todo caso se reeditan. Sobrellevó cinco años el matrimonio con visitas fugaces a la casa, donde prefería dormir y permanecer echado en cama a causa del "agotamiento". El "intenso ritmo de trabajo" topó en seco con el abrupto anuncio de la espera de un descendiente, novedad que acogió con genuina fascinación, pese a lo inesperado del asunto. Para Anís, mejor notición no podría recibir de la vida. Un hijo de su adorado significaba una especie de coronación merecida por perseverar en la felicidad. Sus amistades también recibieron con exaltación la buena nueva: ¡Por fin una novedad de nuestra amiga!, se confidenciaban unas a otras. Y llevaron a cabo valiosos esfuerzos por acompañarla durante la procreación, pese al sacrificio que representaba exponerse a larguísimos soliloquios en los cuales repetía *ad nauseam* la historia conocida.

Mantuvieron la incognita sexual de la criatura hasta el alumbramiento. Nació con salud una niña que se repuso de inmediato a la sacudida producida por el parto. Sabo no cabía del regocijo y, por anclarse junto a la incubadora para contemplar a la beba, olvidó a la madre durante el postparto. Ni cobriza como la madre, ni blondo como el padre, niña apiñonada con miel en los ojos. Sabo experimentaba una felicidad insólita. De tan sólo encontrar inmensamente dichoso a su marido, Anís echó de menos todas las desatenciones. Le henchía el pecho de verlo alegre y dedicando toda su atención a la criatura, quien a partir de este día nunca más volvió a ser Ximena, en adelante, simplemente se llamó Xime.

La existencia de Xime desactivó las escapadas del padre. Sabo asumía con absoluta convicción la responsabilidad de llevarla al parvulario, siempre y cuando un asunto de crucial importancia no lo impidiera. Había acordado con el director del periódico trabajar en asuntos de baja intensidad durante el proceso de crecimiento de la niña. El contexto del país favorecía este propósito. Hacía cuatro años de la controvertida elección presidencial, en la que cerraron el paso al candidato opositor de la izquierda, con el sinfín de artimañas tendientes a torcer la disputa y sin que autoridades electorales, fiscalizadoras, ni la Suprema Corte de Justicia de la Nación, pudieran remediar el oprobioso asunto. El mundo se estremecía con terremotos catastróficos en Haití, Chile y el Tibet chino, mientras Sabo redactaba crónicas un tanto insípidas acerca de la primera boda gay en la Ciudad de México, o atendía con un poco de emoción el misterioso secuestro del controvertido lider barbudo de la derecha.

Se la pasaba *relax* acompañando a su hija con las tareas, en el proceso del aprendizaje de la lectura, en fin, viéndola crecer. Anís, en tanto, dedicaba buena parte del día al envío de mails en los que comunicaba a sus amigas la dicha enorme que le proporcionaba el tener cerca a sus amores y la satisfacción que obtenía al dedicar su vida a las tareas de la maternidad. Sabo prefería encontrar a su mujer obstinada en esta diligencia, que fingir escuchar con atención los reiterativos discursos, aunque un tiempo le echó en cara su desatención de la pintura de brocha delgada por dedicar horas enteras al mail.

Anís desarrolló una habilidad sorprendente para enviar fotografías por correo electrónico. Se orgullecía con sus amigas de los testimonios visuales que registraba con cámara digital. Aprendió a elaborar coquetas presentaciones, con secuencias de imágenes que hacía acompañar de musica flamenca o son cubano *revival*. Cuánto disfrutaba leer los comentarios de sus amistades, le provocaban torrentes de felicidad. El constatar cadenas de reenvíos FW con su información le hacía el día fabuloso ¡Este sí que es el mejor de los mundos!, expresaba con exaltación a sus amigas, quienes entonces se habían confidenciado la conveniencia de preferir ver fotos y escribir comentarios buena onda, a escuchar de viva voz las mismas historias.

Xime entró al cuarto grado de primaria y Sabo comenzó a reintegrarse de forma plena a los temas fuertes del periodismo. ¿Cuáles eran los temas fuertes a comienzo del año 2012? El país escurría sangre por doquier. La barbarie parecía instalarse en territorio nacional y prevalecía la impresión de que las expresiones más brutales de la degradación social gustaban de este escenario llamado República Mexicana. Sabo no era especialista en temas de la delincuencia organizada, pero su experiencia periodística en el fangoso mundo de la cosa pública, indicaba que toda transgresión a la ley de esta envergadura venía enrrollada en el carrete de la política. El encuentro del decano del periodismo mexicano, Julio Scherer, con un conocido mafioso de la droga, le había calentado el cráneo con la idea de conseguir suculentas entrevistas con otras cabezas de los principales cárteles del país. Esta decisión, tomada en momentos de reflexión auspiciados por la tranquilidad del hogar, parecía bien sostenida. Pero, a la hora de compartir su decisión con los directivos del periódico se arrepintió. Cayó en la cuenta que ya era padre, un padre feliz de su única hija, no un periodista temerario olfateando brotes de adrenalina.

En el 2012 no sólo no advendría el fin de la humanidad. Antes, previa escala, la cofradía de insaciables que rigen el destino de esta comarca, se aprestaba a reeditar su poderío con la obtención de la silla presidencial. A diario, desde los contornos del poder surgían indicios de que se fraguaba una nueva tramoya electoral. Los dirigentes del partido opositor de la izquierda vieron con buenos ojos tener en sus entrañas a una pluma independiente con proximidad a su polo ideológico. Sabo encontró en esta trinchera el camino conveniente para aproximarse al epicentro.

Proclive a las costumbres, Anís recibió con escaso agrado la noticia — "el aviso" — de la inminente ausencia de su amado. Xime, por su parte, preguntaría con insistencia por el padre durante los primeros días. Al cabo de una semana, las aprehensiones de la madre optarían por enfocar la atención de la niña en el sin fin de actividades extracurriculares, los cinco días de la semana.

Al término del segundo bimestre, Sabo ya se encontraba

encarrilado en el ritmo frenético del proceso preelectoral. Inmerso en el trajín de los chispeantes sucesos que configuraban una disputa controvertida, la concurrencia con una colega con quien cruzaba apreciaciones acerca de los usos y costumbres de la política mexicana, imanó su atención con una pregunta acre relativa a la inconciencia colectiva de los connacionales. Sabo tomó con calma la interrogante e intentó una especie de respuesta creíble: Aquí perdura la indiferencia oscilando con el cinismo. La masa sublima el atropello cotidiano y la impunidad con la catarsis del humor y la distracción mediática. Una permanente válvula de escape colectiva, que tiende hacer llevadero el tatuaje de colonizado del mexicano, concluyó. *¡¿Was?!,* exclamó para sí la teutona. La respuesta la asombró de tal modo que le provocó la sensación de no entender con exactitud lo expresado, pero esta incomprensión resultó lo de menos ante la súbita atracción que el colega despertó en ella. Dudas al margen, la consecuencia casi natural de estas informales charlas, derivó en la cita rutinaria para el intercambio de "impresiones e información". Reuniones que a la postre los llevaría del encuentro entre profesionales de la información al encuentro de la carne.

Anís, por su parte, continuaba embelesada con el uso de las nuevas herramientas de comunicación masiva. El uso permanente del mail y el internet, la llevaron de forma natural a la asimilación automática del novedoso medio de interacción social que en estas latitudes, por estas fechas, comenzó asolar a un público propenso al escaparate: el facebook. Anís descubriría con asombro esta nueva herramienta, en la que encontró el asidero perfecto para canalizar su ímpetu comunicativo. Adicta al monitor, procedió de inmediato a la busqueda de excompañeros de la primaria, secundaria y prepa. Para entonces, una considerable parte de conocidos de aquellas épocas ya navegaba con soltura por esta red, de suerte que la respuesta no se hizo esperar. Con perfil discreto (en un principio subió una fotografía con la imagen de una luna brillante y plateada como la máscara de El Santo), su euforia la manifestaba con emotivos comentarios acerca de su vida: *Vivo feliz, casada y con familia*. Cuando le picaban la cresta con nuevas preguntas, soltaba una cascada de respuestas del tipo: *Enamorada de Sabo toda mi vida y orgullosa de mi hija Xime*. A partir del tercer intercambio, daba rienda suelta a la historia que se encargaría de repetir sin fatiga a quien estuviera dispuesto leerla.

Vaya mundo que estaba descubriendo. ¡Haberlo conocido antes!, exclamaba con vehemencia a sus amigochas. A diario buscaba con febril curiosidad nuevos amigos, y su democrático corazón aceptaba todas las solicitudes de amistad que recibía. Aquel, aquella que osara preguntar acerca de su vida, le suministraba la correspondiente dosis de su historia personal. La disciplinada dedicación al facebook pronto arrojó frutos. Desarrolló habilidades y mañas para comunicar su relato de forma ágil. Una vez que abría el chat, sutilmente comenzaba el script con el que inducía las preguntas que tanto deseaba contestar. Siempre encontraba la forma de manipular un intercambio con el que pavimentaba el camino que le llevaría a soltar sus respuestas. Extasiada, informaba de los quehaceres de su amado, las importantes tareas que había cumplido en Asia, su relación con dirigentes de la política y su vínculo casi mafioso con una que otra vaca sagrada del periodismo nacional —siempre omitía nombres. Resultaría tan obcecada en el monotema que, sin pensarlo, ahuyentó más de un pretendiente virtual. Pero Anís le valía gorro. La fuente inagotable del facebook proveía de amistades nuevas en toda ocasión y siempre aparecía alguien dispuesto a soportar las peroratas de una mujer hermosa.

Contra su voluntad comenzó acostumbrarse a la ausencia de su amado y a las escasas noticias que recibía de él. La terapia tecnológica ayudaba a superar esta sensación de desamparo, que a su vez exigía mayores dosis de entrega al consuelo. Esto la llevó a vencer el temor y la desconfianza inicial con que trajinaba en el feis. Envalentonada por un impulso motivado en el misterio del acelere, cambió la luna enmascarada de plata por una foto de su ojo izquierdo. Era el iris café en cuyo entorno desfilaba una alegre angiología rubicunda, lo que motivó comentarios del tipo: *saca pa andar iguales...*, *mochate...*, y que ella respondía con un *jajaja*. Y mientras Sabo navegaba felizmente entre los mares del proceso electoral y el romance cosmopolita, Anís se convirtió en una experta jubilosa en atender el alud diario de notificaciones.

Conforme se aproximaba el día de la elección, el romance entre Hanna y Sabo adquirió altura de Monte Everest. Como cualquier proceso electoral dentro de una democracia supeditada al dinero, la maquinación octópoda de la plutocracia conspiró de forma impúdica para la consecución de la silla presidencial. Los medios tradicionales de comunicación masiva consiguieron roer las neuronas de los votantes, aniquilando el sentido de realidad y hasta el sentido común, pues la mayoría eligió al candidato que simbolizaba el atropello, el robo sin límites, el descaro y la estulticia, valoraciones negativas que en instantes de cordura estos mismos votantes reconocían como los peores males de la nación, desafortunadamente, para el día de la jornada electoral una varita mágica los hipnotizaba, convenciéndoles de cruzar la opción que representa esta ignominia. En el curso de estos acontecimientos se consolidó el enamoramiento de la rubia teutona y el mexicano, a la par del rompimiento definitivo entre Sabo y Anís.

Al rojo vivo el proceso electoral, cuando la bestia mostraba las pezuñas con que habría de inmolar el intento opositor por conseguir la voluntad popular mayoritaria, Sabo consultó su cuenta de facebook para constatar con enojo la frivolidad con que navegaba su mujer, mientras buena parte de los usuarios desplegaban un antagonismo abierto al candidato de la plutocracia, y contra la campaña de manipulación impulsada en tele, radio y demás medios convencionales. El enojo se transformaría en indignación y vergüenza por la obcecada manera en que Anís se aferraba a la trivialidad, cuando el ánimo colectivo daba muestras de comprometerse con la insubordinación:

Anís, no es momento para chistes —comentó bajo el posteo que exhibía una imagen a dos cuadros, donde un padre reprendía al hijo por las bajas calificaciones y sentenciaba que de reprobar "¡te vas a olvidar de mí!"; en el segundo cuadro, a la pregunta del padre por las calificaciones, el hijo, orondo, se limitaba a responder: "¿te conozco?"

tomalo con humor, no seas amargado jajaja —devolvió con liviandad la esposa.

El detalle reventó la liga que permanecía estirada desde…

posiblemente desde que aceptó este romance inconveniente. Las sinrazones alojadas en el subconsciente habían tenido más peso que las razones, que fueron pocas y dudosas, tal vez sin fundamento. El breve intercambio virtual se tradujo en claridad. Advirtió que el movimiento de la balanza se inclinaba sin compensación hacia la audaz inteligencia de Hanna. Atributo que destellaba una luminiscencia asombrosa, frente a la insistencia pueril de la consorte por los asuntos baladís que tienen lugar en el feis. La mente de Sabo no podía desatenderse del testimonio virtual de Anís, a la vez que crecía su admiración hacia la agudeza de la teutona, a quien descubría aun más hermosa por su interés genuino en el conocimiento profundo del país. Compartían la irritación a causa del cinismo de los voceros del partido de los tres colores, y convenían en que ni la elección de Berlusconi, en Italia, había resultado tan torcida e insolente como la que se desarrollaba en la comarca mexicana. Esta coincidencia de emotivas apreciaciones terminó por afianzar una mutua atracción. Bajo su aparente frialdad, Hanna derretía por el güero mexicano, en quien descubría una sorprendente habilidad periodística con tintes literarios, amén de que aceptaba con honestidad que el sabor latino electrizaba su imaginación erótica. A Sabo le cautivaba esa inteligencia honrada y aguda, que coronaba una cadera ancha con vientre de planicie y muslos vigorosos. En ambos fluían los acordes de las almas coincidentes, y compartían decisiones que se traducían en afinidades tácitas, que a su vez reflejaban compatibilidad de inclinaciones y gustos.

Fugaz resultó su preocupación por la manera como

informaría de la separación a Anís. Más acongojado se encontraba pensansando la fórmula que le permitiese la visita regular a su amada Xime. El alejamiento de su hija sí le provocaba un asomo de aflicción que anunciaba como parada próxima la angustia.

La convulsión del país parecía el reflejo de la conmoción que prevalecía en su matrimonio. Anís, previendo las posibles grietas que provocaría el anunciado terremoto, puso manos a la obra para investigar las causas ocultas del cambio de actitud de Sabo. Algo había aprendido en la dedicación pertinaz a las nuevas tecnologías de la comunicación. No sólo conocía el sinfín de mañas para navegar en las redes sociales. En su cuantiosa lista de amigos del feis, había cultivado confianza con un adolescente precoz, que le había confiado sus habilidades como hacker. Presta lo buscó en el feis y, como cabe esperar, le respondió al momento. El amigo "investigador", como le llamó, en pocas horas dio a luz a los números telefónicos recurrentes que Sabo tenía registrados en el celular. Desde un principio pudo lanzarse a fondo con estos datos, pero Anís prefirió la cautela en el proceder.

Con la antena de su sexto sentido vibró cada número y nombre hasta delimitar la muestra que habría de investigar el hacker. Anís conocía a casi todas las mujeres de la lista. Detalle irrelevante al final del día ante la obnubilación causada por la furia, motivada en partida doble por la próxima separación y los celos que la inducían a ver moros con trinchetes. Ordenó que habría que pasar por el rayos X a todas las mujeres de los contactos, después de todo no ignoraba que varias amiguitas suyas andaban de arrastradas con Sabo de hace tiempo.

La información que recibió arrojó abundantes muestras de sospecha. Tuvo la impresión que todas eran sus amantes o por lo menos potenciales *affaires* que cumplirían este cometido. ¿Cuál de todas es la culpable?, se preguntó sin atinar hacia ninguna. Terminó por sospechar de todas.

A la vista de estos primeros resultados de la averiguación, Sabo resultó un auténtico hijo de puta, que por seguro cambiaría a su ejemplar familia por cualquier libertina. La sospecha abarcó hasta sus propias cómplices. Todas resultaron blanco de la mayor desconfianza y terminó por convencerse que ninguna se había escapado de tener un encontronazo de alcoba con su marido.

Pensaba en la maniobra que le llevaría a descubrir en el segmento de las promiscuas a la culpable de su desgracia, cuando el hacker le comunicó vía mensaje privado, que se había *tomado la libertad de investigar a las desconocidas*. Anís reviró que el asunto lo pospondrían hasta agotar el tema de las conocidas. Pero reconvino, cuando el amigo hacker advirtió de la recurrente comunicación con una desconocida en términos "muy confianzudos". Considerando de quien venía la sospecha, optó por dar luz verde. El hacker, por su parte, envió de inmediato la info de las confidencias.

Transformada en lava —"no es para menos", convenía el hacker— pidió ya no investigar a la susodicha. Ordenó *rastrear todo lo relacionado con la pinche europea hdspm*. Como el joven amigo dedicaba toda su concentración, tiempo y energía a este noble oficio, puso manos a la obra. En un santiamén dio aviso de los escasos refentes de la investigada: Periodista alemana, sin feis, con una dirección electrónica que no utilizaba para asuntos privados, ni para asuntos importantes del trabajo, sólo para comunicar ordinariedades con colegas y gente común. Seguro tendría otro *mail* privado que pronto averiguaría, en cuanto tuviera el dato lo haría de su conocimiento.

Pese a contar con escasos indicios contundentes que contribuyeran a esclarecer las travesuras de su marido, el sofisticado olfato de Greta (quien persuadió a Anís del error de sospechar de ella, "su mejor amiga", súplica que las reconcilió para unir fuerzas contra el enemigo), indicó que "la despojadora de esposos, seguro es la alemana." ¿En qué sustentaba esta afirmación? En la destreza para leer entre líneas las expresiones de los que anhelan la carne. Y Anís no albergaba la menor duda de esta cualidad casi sobrenatural de su amiga. En múltiples ocasiones atestiguó con asombro esta capacidad adivinatoria.

Ratificado el triunfo del candidato de la oligarquía, en medio de la efervescencia social desatada desde la oposición por lo que llamaron "fraude electoral sistemático", Sabo preparó la maleta que le acompañaría en el vuelo de Lufthansa hacia Berlín. Con inmensa tristeza reconoció que no volvería apapachar a Xime en mucho tiempo. Intentó dejar un mensaje de despedida en la grabadora del teléfono de su antigua casa. Quería expresarle a su hija una conmovida disculpa y la promesa de verla pronto para explicarle lo sucedido. Pero esto nunca lo sabría Xime por las contestaciones virulentas de Anís.

La aun esposa consideró denunciarlo ante las autoridades judiciales por abandono de hogar. Pero la lava que tenía por sangre, le hizo creer que este castigo sería poca cosa. Quería venganza inmediata, no largos y extenuantes juicios que terminarían por causarle un daño irreversible a la niña y el muy probable hartazgo de ella. Saltó a la computadora para abrir el archivo de fotografías y seleccionó aquellas en que aparecía el trío familiar y también las de Sabo posando orgullosamente con Xime. Convertida en combustión, comenzó a postear imágenes que hacía acompañar de mensajes cargados de hostilidad, en los que acusaba al *padre irresponsable de abandonar a esta hija hermosa que no para de llorar por su ausencia*. Los cientos de amigos —estos sí son amigos, mascullaba Anís—, manifestaron casi al instante su incondicional apoyo. Jamás en su vida había experimentado una demostración de solidaridad tan vasta y fraterna. Las amigas virtuales, principalmente, se desgañitaban escribiendo comentarios de reprobación hacia los hombres, proyectados en la conducta deleznable de este marido gandalla. Anís recibía estas expresiones como muestras indudables de comprensión y solidaridad. Presa de una exaltación inaudita por el éxito de la revancha, comprobó que no estaba sola en esta importante batalla por la reivindicación de la dignidad de la mujer desamparada.

El desquite apenas iniciaba. En la página feis del periódico donde Sabo laboraba, expresó su incordia con el siguiente mensaje, mismo que replicó en todas las notas periodísticas:

Sabo de la Cueva. Periodista hipócrita y vendido. Dice estar con los desamparados y abandona a su familia por largarse con una bruja igual de falsa y mentirosa!! Atte. Anís, su esposa.

Los colegas de El Independiente, que bien conocían las debilidades de los integrantes del gremio, en especial de Sabo, rieron de la andanada virtual. Por supuesto no faltó la compañera que ocultó su agrado por la exhibición. Unos colegas se comunicaron en corto con Sabo para informarle el melodrama. El afinado reflejo periodístico de los colegas reparó con diligencia en el control de daños. No era la primera vez que una mujer (o inclusive un hombre) exhibía públicamente la rabia personal contra un compañero o compañera. Borraron toda huella del ataque e impidieron que nuevas invectivas se publicaran en este espacio.

Entrada en calor, Anís dirigió la embestida hacia nuevos flancos. Con la ayuda del hacker y amigos virtuales que se solidarizaron con su lucha, averiguó para cuál periódico cubría el proceso electoral mexicano la robahombres, y de inmediato procedió a escribir comentarios en idioma alemán, traducidos del *google*:

Hanna Niemann: Eres una roba maridos!

Ante lo insólito del hecho, los responsables de cada sección y de la página virtual de *Unabhängig* se comunicaron para tomar cartas en el asunto. Acordaron que el responsable de la sección de política internacional tendría que comunicarse de inmediato con Hanna, quien a la postre escucharía la historia con sardónico escepticismo. La aguda perspicacia de la cultura alemana, más proclive a discenir con ecuanimidad estos asuntos, favoreció el desdén de la rabieta. Eliminarían los mensajes de la página y permanecerían atentos a nuevas expresiones de hostilidad que serían borradas de inmediato. Por la noche, Hanna se reunió en compañía de Sabo, con jefes y colegas en el bar acostumbrado. Ya borrachos externaron confianzudas bromas acerca del asunto. Sabo las recibió con humor y entendió que esta demostración constituía la aceptación cálida de los nuevos colegas.

ayy, maldito!
así son todos los hombres
desgraciado
expulsenla del pais
periodistas de mierda
vendido
poco hombre
malinchista!!
castren al desgraciado!!

Congratulada por estas demostraciones de apoyo, conforme recibía nuevos comentarios más valor adquiría para persistir en el desagravio. Sin darse cuenta, Anís había pasado del decaimiento a la reacción visceral como respuesta legítima al daño recibido. De ahí al reconocimiento público, que pese a estar delimitado a la esfera de esta red, confería a su actitud incuestionables rasgos de liderazgo virtual.

Aunque acotada a la red social, Anís descubrió en el repudio una nueva vida. Una vida propia que terminó por cesar su proclividad a devenir en guiones reiterativos que provocaban hartazgo. En adelante, dejó de vaciar su raquítica existencia en el hombre de su vida, para colmarla del frenesí cotidiano de la experiencia virtual.

Jubilado

A mi hermana Claudia

Cada día, la ventura se le revela con el primer abrir de ojos, ya sin la prisa ni tensión a la que obligaba el fragmento de tiempo cuantificado, en que resolvía los preparativos indispensables para desplazarse al cumplimiento puntual de la faena de trabajo. Por la noche, nada más confortador que una sentida oración de agradecimiento, infundida de la esperanza por recibir la nueva mañana en este edén hogareño, impermeable a las turbulencias del exterior.

 Desde que su vida dio un giro, advierte la demencia que irrumpe en las calles para arribar a los múltiples nódulos donde la mayoría de la gente se cercena el lomo para satisfacer la sobreviviencia. Observa el mundo circundante con sensación de faro irruptor en el mar nocturno. Durante décadas se asumió parte de esta locura citadina, subyacente a la normalidad de la vida del trabajo, que no es otra cosa sino la vida misma de los centros urbanos, la única posible. Ahora, cuando cobra conciencia del nuevo día que acontece con su apacible oleada de sosiego, permanece con los ojos cerrados, permitiéndose el disfrute de la calma que acurruca debajo de las cobijas. Se concentra en el color anaranjado de los párpados cerrados y piensa, mejor dicho, siente un especie de dicha infantil al no encontrarse obligado salir disparado de la cama.

Acostumbrado a la celeridad matutina, la tranquilidad presente estimula en él una sensación de incredulidad, sugerida por la añeja creencia de que el hombre nace condenado pa´ la chinga. El descanso distendido, las maneras confortables de disfrutarlo, le parecían goces para otro tipo de personas nacidas para darse la gran vida, ¿a razón de qué? no lo sabía. Sospechaba que poseían un pedigrí especial que las hacía merecedoras de una vida plácida. De ahí que lleguen a la oficina cuando les venga en gana, e ingieran los sagrados alimentos en restaurantes suntuosos en razón de cruciales juntas de trabajo y, desde luego, el disfrute de inconcebibles vacaciones en paraísos impenetrables para el vulgo.

Inevitable recordar cuando salía de casa como bólido, viendo fugazmente el reloj de pulsera al compás de veloces pasos rumbo al centro de trabajo, al que llegaba jadeando para insertar a tiempo la tarjeta en el reloj checador. Vaya paradoja: con más automóviles, rutas de transporte público, metrobuses, más líneas de metro, con más opciones de movilidad que las existentes durante toda su etapa productiva, observa que la gente ahora sufre más que él para desplazarse.

Sentado en la orilla de la cama piensa en la delicia de volver a ser atraído por el imán del colchón. En ocasiones se permite preparar el desayuno, algo inimaginable en viejos tiempos cuando acostumbraba recriminar a su esposa la escasa celeridad en la preparación de los alimentos matutinos, que engullía en no más de cinco minutos con tres trituraciones por bocado. Bety también se encuentra disfrutando esta nueva etapa, que la exenta de las presiones cotidianas a las que fue sometida durante décadas por las obligaciones de trabajo del hombre de la casa, y corresponde con serenidad al ritmo indolente al que se sujetan las cosas en la actualidad.

A diario reinventan sus vidas bajo las pautas del tiempo libre. A menudo se permiten el gusto por desayunar y comer fuera de casa. Dedican horas a recorrer la ciudad sin otro propósito que el solazamiento, actividad que les procura momentos de asombro que jamás imaginaron. Recién descubrieron el Palacio de Iturbide, edificación que habían recorrido por el exterior docenas de veces en su andar por la calle de Madero. Justo en lugares como éste comienzan los singulares intercambios maritales en los que se desarrolla su peculiar manera de amarse.

—Es que son gente preparada que sabe de arte —suele decir Roberto, con tonalidad comprensiva.

—¡Qué preparadas ni qué nada! Para ellos esto es una inversión más —devuelve exaltada Bety, frunciendo el ceño.

—Sí son preparadas. Lo que pasa es que tú siempre vas contra los ricos —justo cuando Roberto asume el tono apologético, la esposa explota a discreción.

—¡Deverás que eres menso, Roberto! —Bety deja fluir puntos suspensivos que acompaña de una negación con la cabeza—. A ti te explotaron toda tu vida con apenas poco más del salario mínimo. Tus patrones nunca te ayudaron en emergencias y todavía andas defendiendo a esos cabrones —sentencia furibunda, como de costumbre.

—Ay, Gordita, te pasas. Siempre de neuras –expresa con tono aterciopelado, la manera sutil de pedir cambio de tema.

—¡Tan viejo y tan pendejo! ¿A poco crees que hay riquezas bienhabidas? Si serás —concluye sus recriminaciones, sumiendo al esposo en un silencio conciliador.

La pareja improvisa con frecuencia paseos del estilo como actividad tendiente a dinamizar el matrimonio. A la fecha, Roberto no padece cruda por la sobredosis de vida laboral. De hecho, se asume como un hombre activo ejercitándose de forma disciplinada, y realiza de manera personal todos los pagos mensuales que anteriormente concernían a Bety. En el pasado ni siquiera solicitó el servicio telefónico y desconocía la era moderna de la tesorería. Pero, en la actualidad, visitar este tipo de oficinas lo imbuía de una curiosidad que lindaba en el asombro.

Parapetada en el ancla de los usos y costumbres de cuatro décadas, Bety latiguea al esposo con el refrán del "árbol torcido jamás endereza", cada vez que enciende el televisor para emocionarse con partidos de fútbol de la liga mexicana. Durante cinco décadas apoyó orgullosamente a las Chivas del Guadalajara. Luego, fastidiado de la vocación de su equipo por los sitios sotaneros de la tabla, abdicó de la camiseta que le había acompañado como coraza durante buena parte de su vida y la cambió por el azúl celeste del emblema de la construcción. En mala hora decidió el cambio de camiseta. El Cruz Azúl lo convenció por la consistente racha ganadora de cada temporada, pero, cuando se decidió por estos nuevos colores, el equipo de los cementeros se contagió del virus tapatío hasta casi poner en riesgo su estancia en la primera división. Bety no cansaba de burlarse del marido, haciéndole mofa con aquello de que no eran maletas los equipos, sino el salado de Roberto. Años después, cuando caviló en voz alta la posibilidad de cambiar al equipo de los Pumas, uno de los amigos de su hijo, que conocía su historia como aficionado del Rebaño Sagrado y luego como seguidor de "los chemos", lo conminó a formarse con paciencia en la fila, cuya lista de solicitantes siempre resulta bastante larga.

Casi toda su vida leyó el diario deportivo Ovaciones, y al comienzo de su jubilación los deportes los saboreaba en el Record. Quién sabe qué le habrá picado que comenzó a comprar el Reforma y La Jornada, diarios que lo sumían en estado de aparente petrificación durante todas las mañanas, intentando entender conceptos que ahora advertía tremendamente complejos, como el manoseado concepto "democracia". Difícil impedir una inflamación cerebral con palabras que parecen evidentes pero que no lo son tanto, como "liberalismo", "conservadurismo", "derecha", "izquierda", "soberanía", conceptos elevados que utilizan principalmente los letrados, pero que —intuye— deberían formar parte del dominio popular para entender de manera menos veraniega la realidad mexicana.

A discreción, Bety orgullece de su esposo cuando lo mira sumergido en las páginas de estos periódicos. En estas circunstancias se convence de la elección correcta, al intuir en esta apacible presencia un símbolo de la tenacidad. Durante muchos años toleró el priísmo de pacotilla que Roberto encumbraba con fervor, como si se tratara de echar porras al equipo de sus amores. Bety nunca forjó su sapiencia en los patrones que inculcan información o conocimiento. Desde niña se distinguió por su intuición y una rebeldía insofocable, que al paso del tiempo la forjarían en una subespecie urbana de adelita amorosa e indomable. Una cabrona ejemplar, reconoce Roberto, porque a parte del afinado sexto sentido de mujer, posee un olfato que olisquea sin falla lo subyacente. Nunca hizo falta que Roberto llegara con pintura labial o aroma de otra mujer, para que Bety descifrara una infidelidad. Bastaba con que le identificara señales difusas en el acto de masticar el bocado o el interés súbito por algún tema desconcoido.

Rebeldía cultivada durante la difícil infancia en el hemisferio hostil de la orfandad, Bety aprendió a percibir las sutiles oscilaciones energéticas que provienen del engaño y desarrolló la increíble capacidad de aguzar el sentido de alerta al menor asomo de atropello. Percibe la mentira en los discursos de políticos, pero por su limitada educación reconoce la dificultad para argumentar sus certezas. Al comenzar su noviazgo, Roberto la sermoneaba con aquello de que "estás loca de atar", por la especie de admoniciones que solía deslizar acerca de la inminencia de hechos ominosos. Cualidad de nigromante: no transcurría mucho tiempo en que los acontecimientos confirmarían el tino de Bety, sea a través del *shock* de una crisis económica, el descubrimiento de fortunas descomunales de políticos o con la certeza de la represión a los estudiantes del 68. Cuando esto sucedía, Bety nomás soltaba: ¡Ya ves Roberto! De veras, cómo eres pendejo. Quizá a causa de esta perdurable rebeldía, comenzó a sentir una extravagante punzada de renovado amor por su marido, cada que lo encuentra absorto en la lectura de periódicos "serios".

El pequeño departamento de Robertito resultó insuficiente para albergar la creciente biblioteca. A beneplácito de Bety, acogieron los libros del amado hijo, quien en vez de emplear su energía en ganarse la chuleta, tal como lo estipulan los códigos de la chinga de las honradas familias de trabajadores, prefirió entregarse al mundo del ocio con fervor lindante en la irresponsabilidad. Ah, ese amor abdominal de madre que suele convertirse en un extravío de incondicionalidad hacia la descendencia. El cuarto de azotea donde almacenan herramientas y uno que otro cachivache, en adelante albergaría el librero donde custodiarían los ejemplares del hijo.

Durante semanas la biblioteca representó un muro al que no se le encontró más uso que adornarlo de papel ladrillo. En una quincena inolvidable por desquiciar la vida de los capitalinos, Roberto leyó el contenido de una nota periodística que reportó el homenaje a Gabriel García Márquez, por los treinta años de haber recibido el mayor reconocimiento del mundo de las letras. Los abundantes halagos al morrocotudo escritor despertaron su curiosidad por la celebridad literaria. El alud de menciones y citas relativas a su obra cumbre, pronto desviaron su atención del personaje hacia la obra.

Singular manera de vivir más de sesenta años apartado de

los libros, para que un inesperado detalle informativo terminara por lanzarlo hacia el ilimitado océano de la lectura no periodística. Fue así que inauguró su etapa como lector de libros. Bety no podía creer el cambio radical que estaba operando en la mentalidad conformista y mediocre del marido. Por supuesto que ella jamás leería un mamotreto de semejante cantidad de páginas, pero encontró fascinante que su Roberto leyera libros apreciados por las mentes más respetadas del orbe.

La actividad constituyó una proeza heroica que en poco tiempo mostró su indeseable lado oscuro. Roberto volvió a la vieja costumbre de abrir los ojos al primer asomo de vigilia, sólo que nomás para coger el libro y colocarse los anteojos y no levantarse de la cama hasta mediodía, antes que la desesperación estomacal estimulara a este organo zamparse los intestinos. Adiós a los desayunos en los restaurantes. Los paseos por la ciudad desaparecieron de la espontánea agenda de los días, cuando Aureliano decidió organizar el ejército del que se erige coronel. Bety albergó la esperanza de que la carencia del hábito de lecturas y el grosor del libro terminaran por obligarlo a abandonar la misión. Pero se sorprende al percatarse que ni siquiera dormita al cabo de unas líneas, como acostumbra con los periódicos de deportes y a veces con las notas apocalípticas de La Jornada.

Semanas después concluye la lectura de la obra con una satisfacción inédita en su existencia. Primer libro leído por completo en su vida. Toda una hazaña a la que dedicó semanas sin distracción, donde la casa más que blibliteca semejó un monasterio, porque a Roberto le entró el gusto por leer con el acompañamiento místico del canto gregoriano. A Bety comenzó a desesperarle el asunto. Antes le recriminaba su obstinación patológica por escuchar a diario la Sonora Santanera. Pero esto de permanecer como en trance, sin parpadear, frente a un libro abierto, con el ondeo de cánticos que parecen exorcisar las diabluras que contienen los libros, le inspira la sensación de habitar un manicomio de la Edad Media.

Bety se dispuso aguantar los embates del tedio con tal de tener a su marido cultivándose, en vez de encontrarlo hipnotizado con el fútbol.

Memoria de mis putas tristes resultó la obra predilecta de Roberto. Cuando le contó la historia a Bety, la mujer estalló:

—¡Ya ni la friegas cabrón! Por eso estás como embrujado con los libros. ¡Pura depravación!

Roberto no pudo evitar una risilla por el comentario desconfiado de su esposa.

—¡Pinche rabo verde! —exclamó soltándole un golpe en el hombro. — ¡Nomás para eso stás de ocioso! ¡Mejor regrésate a trabajar!

Es que Bety posee un olfato afinadísimo para las cosas de la vida, como padece la pérdida de la ecuanimidad tratándose de los adulterios del marido. Pero en esta ocasión estrenaría emociones descontroladas con la imaginación, ante la ausencia de evidencias de fácil registro en su escaner. Para Bety la piedra había sido lanzada sin esconder la mano. En adelante lo tendría muy presente. Revisaría las sinopsis de los libros que leía Roberto, motivada por una nebulosa de desconfianza hacia los pasajes pecaminosos que habitan sus páginas.

Pero, frente a los descubrimientos insólitos que hallaba en los libros, Roberto cree no tener otra que la desafiante decisión de echar de menos las recriminaciones de su esposa. Halló que los placeres revelados con la lectura no tenían comparación, acaso nomás con el sexo y las borracheras, solo que a su edad el ejercicio carnal ya había entrado en la pendiente de excepción, y, en el caso de la ingesta etílica, solía no acordarse de las cosas después de la tercera cuba. Al terminar de leer los siete libros del nobel que encontró en el almacén doméstico, ahora mutado en biblioteca, el deseo inusitado por continuar conociendo nuevos relatos de la imaginación le llevaría a la búsqueda del siguiente título. A la mano tenía suficientes libros donde sumergir su curiosidad, pero requería el aguijonazo de un indicio que resultara seductor para emprender la nueva travesía.

Mientras consulta la sección cultural de los periódicos con el propósito de encontrar una sugerencia, alguna alusión que lo lleve al siguiente libro, se dedica a complacer sin medida los deseos de su esposa. Bety recibe las atenciones con emoción de prometida, permitiéndose olvidar los insostenibles barruntos suscitados por su propia inseguridad. Los momentos de ensueño se esfuman al cuarto día cuando apareció la señal que marcaría la pauta del nuevo rumbo. Llama la atención de Roberto el ciento trece aniversario del nacimiento de una escritora autobiográfica llamada Anaïs Nin. Aquello de ocultar la vida íntima en las licencias de la ficción, lo seduce con sensaciones inflamables que no puede postergar. Pone manos a la obra de inmediato. Por primera vez observa con atención los títulos del librero, no así la vez anterior, cuya localización de los libros de Gabo ubicó juntos de un vistazo.

La suerte siempre está de parte de los lectores. Como si a sus ojos se mostrara por sí solo, vibrante y llamativo, aparece un libro de cubierta color verde con el nombre de la autora. Festeja el hallazgo al instante, sentándose en el suelo para comenzar de inmediato la lectura. Sin siquiera cuestionarse el significado del vocablo que rotula el título, la curiosidad estimulada por la nota periodística constituye la brújula con que se lanza mar adentro, en las confesiones eróticas de la escritora insumisa. Nuevo libro que devoraría al precio de ignorar la presencia de la esposa.

—¡Déjame en paz! —exclama Roberto, ante las descargas de gritos e insultos proferidos por la mujer invisible.

—¡Ya ni la amuelas, Roberto! A parte de rabo verde ya te convertiste en un degenerado –sentencia Bety, una vez enfocada su vista en el título del libro.

—Ayyy, Gordita. Si supieras que la pobrecita escritora sufrió una lavada de cerebro de su sicoanalista, que la indujo acostarse con su padre para liberarse de un trauma… —masculla para animar el sosiego de Bety—. Es que sufrió mucho por su ausencia.

—¡Sácate qué! ¡Cabrón lujurioso!... Nunca imaginé… —enfatizó los puntos suspensivos con atenuación telenovelesca.

—Pero eso es lo que menos importa del libro. Si vieras que lo más interesante es la relación de amigo-amante que tuvo con otro escritor.

—¡Cállate! ¡Ya no me hables de más cochinadas!

El novel lector vuelve al cuarto de azotea donde encuentra cinco títulos del amigo cariñoso de Anaïs. Esta buena nueva se traduce en una terrible señal para Bety, quien desconoce que cada libro supera las cuatrocientas páginas. Vaya manera golosa de inaugurarse en la dimensión desconocida de los libros, pudiendo devorarse obras cortas que evitarían exponerlo a una indigestión literaria. Las consecuencias en el ya alterado curso de la cotidianidad marital se presentaron antes de lo esperado. Ocupa una banca del parque durante horas, sin inmutarse. Vuelto a casa, se taponea mentalmente los oídos para resistir los embates de la esposa. Su esfuerzo mental lo concentra en buena medida en la lectura y otro pequeño en la invención de mañas con las que rehuirá las alteraciones de Bety.

Lee al azar la *Crucifición Rosada* y concluye chillando con el primer título. Jamás imaginó que el libro que esperaba más lúbrico de la tercia, resultara la historia conmovedora de los cambios profundos de un hombre. Esto no fue sexus, resultó llantus, acota para sí, limpiándose las lágrimas que entran a su boca. Orgulloso por concluir este prolongado segmento de la travesía vivencial del escritor norteamericano, conocido principalmente a través de los dos trópicos y la trilogía, decide ocuparse en la investigación de nuevos títulos de las aventuras millerianas.

Se le presenta la oportunidad de pisar una biblioteca, allá por los rumbos de Buenavista. En otra época jamás intentó siquiera asomarse a soporífico lugar del estilo. Pero, ahora, se ve introduciéndose a este castillo del gozo y conocimiento con sensación de éxtasis, pese a no tener la menor idea de cómo realizar la búsqueda de títulos. Sus pensamientos asumen la creencia de estar visitando el paraíso. Jamás saldrá de aquí sino hasta que lo expulsen en condición cadavérica, feliz de haber muerto en la libertad inaprehensible de la imaginación.

Una estudiante del Colegio de Bachilleres se ofrece a porporcionarle su primer curso exprés de localización de obras. Durante el primer paso del procedimiento siente un fuerte dolor en el pecho, a causa de la súbita invasión de terror que le impone la computadora. Apenas se encontraba arribando a la tierra del papel con dificultades, y de sopetón el ruedo de la virtualidad lo situaba en un escenario de vértigo. Frente a la metódica explicación de la muchacha, que reduce la búsqueda a tres sencillos pasos, termina por experimentar fascinación al abrirse ante sus ojos el insólito universo de posibilidades que ofrece un ordenador.

Por ahora no trae consigo los documentos básicos para tramitar la credencial de usuario de la biblioteca José Vasconcelos. En cuanto tenga el documento para el préstamo de libros, leerá *Al cumplir los ochenta,* por la simple curiosidad de conocer lo que pensó un viejo quince años mayor a él. La chica le sugiere checar en el internet, donde seguro podría encontrar el libro en versión digital y gratuita. La sugerencia constituye para él un enigma, sin embargo, no se amilana al exponer dudas que lo exhiben como un imberbe. La bachiller muestra lo sencillo que resulta la busqueda de información en el internet. No sólo eso, localiza el libro de las ocho décadas y *El coloso de Marusi,* en formato virtual. Roberto reacciona literalmente con el ojo cuadrado al entender la sencillísima forma de buscar información a través de esta herramienta.

—¡Mira, Gordita, lo que traigo! —expresa con gesto radiante, abriendo el paquete.

—Y ahora, ¿qué locura te picó?

—Es una máquina del tiempo... y el conocimiento, ya verás.

Poco pudo mostrar ante la carencia de señal de internet. Carencia a medias, puesto que esa misma tarde descubre que le cobran este servicio desde tiempo atrás y que posee el módem, sin que hubiese hecho uso de esta herramienta. Asunto que lo encabrita por unos momentos mientras se desahoga con un representante de la telefónica, que soporta la andanada de recriminaciones repitiendo: Sí, señor, sí señor... Descargada la reprimenda, el empleado lo lleva de la mano, por así decirlo, en la instalación del módem y el internet. En cuanto mira la página de búsqueda, cuelga sin despedirse, ni pronuncia agradecimiento.

—Ora si. Mira Bety, qué impresionante instrumento.

—Se me hace que es un juguete para viejos verdes como tú.

Escribe el nombre de uno de los cantantes favoritos de su esposa. La sorpresa aparece no sólo con una lista de noticias y textos diversos acerca del cantante, sino, con una vasta cantidad de videos que disfrutan toda la tarde y entrada la noche. El descubrimiento del universo virtual los lleva a prescindir de la televisión de forma acelerada. Roberto dedica la mayor parte de las horas del día a la lectura de libros impresos y virtuales. Se vuelve recurrente la llegada a deshoras para comer, pero Roberto desarrolla inmunidad a los gritos, detalle que encabrita de más a

Bety, pero que él acota con un cariñoso: Gordita, sólo estoy leyendo, y enseguida vuelve al ensimismamiento mientras termina de ingerir la comida.

Para evitar las recriminaciones de su mujer, huye rumbo al escondido café con servicio de wifi que recién descubrió a unas calles. Roberto pasa horas pidiendo tés, donde un joven mesero que trabaja medio tiempo, le asesora en su arribo a la realidad fantástica del facebook. Roberto utiliza el seudónimo Simplicissimus, que toma de una novela que leyó a invitación de este mesero estudiante de letras. Se dedica a la busqueda de escritores, periodistas e intelectuales con página feis, a quienes felicita por sus obras y pregunta acerca de lecturas y recomendaciones literarias. Su interés feisbuquero se limita a conocer los posteos de los literatos. Le importan un maní los comentarios de los seguidores por la proclividad descarada a la lisonja. Descreé de opiniones que no sintonizan con la reflexión, y en cambio persisten en la intención por agradar con acotaciones sosas a los autores. Acaso presiona el pulgar y experimenta un agradecimiento genuino cuando alguna pluma responde sus preguntas relacionadas a temas de libros.

La consulta diaria del feis la circunscribe al propósito de leer, preguntar y esperar respuesta. La sencillez de su orgullo reside en sus dieciseis amistades literarias. Echa de menos a la caterva de vulgares. Prefiere tener pocos amigos, pero todos de gran valía. Se esmera en el cuidado de su redacción y ortografía. A veces tarda bastante verificando la corrección o pensando en un contenido breve y claro. Jamás imaginó tener como amigos a escritores famosos como David Huerta, Mónica Lavín, Alberto Chimal. Está segurísimo que si Carlos Monsiváis existiera y tuviera feis, también sería su cuatacho. Y si las obligaciones de la escritura y militancia política se lo permitieran, José Revueltas sería otro gran amigo, alguien muy especial a quien le contaría pormenores —que ahora sí podría expresar de forma escrita— de su giro radical de la lúgubre fábrica de acero al mundo de los libros. Nadie como Revueltas para entender la transformación de un Camarada.

Semejante vuelco lo tiene feliz. Y si bien tiene presente su pasado como trabajador, este nuevo placer le infunde el valor para emprender la reinvención de su nueva vida, pese a reconocer que lo aleja de los momentos que comenzaba a disfrutar con Bety. Nunca le ha escrito unas palabras. Bueno sí, recordatorios para lavar una prenda o pagar el predial o cualquier tipo de ordinariedad, no un mensaje emotivo acerca del significado de su compañía. Esta falta conmueve sus sentimientos. Cree conocer nuevas palabras que le ayudarán a expresar lo que nunca había pensado y que ahora puede entender mejor con la entrega diaria al mundo de la lectura. Siente encontrarse en condiciones de decir que no es lo mismo un simple "te quiero", a descifrar el significado de este sentimiento, inspirado en la imprescindible presencia y compañía de Bety.

El "te quiero" ahora resulta una expresión tan limitada como "eres lo más importante de mi vida". Está convencido de poder traducir sus sentimientos de mejor manera, profundizar en su significado hasta lo posible gracias a las expresiones aprendidas. Es probable que con esta carta comprenda su gusto por los libros. Aunque esto no es lo importante, acaso no más un probable beneficio secundario.

Ya puede utilizar el office para escribir texto, pero prefiere esculpir cada palabra con su propia mano. Para evitar la distracción que proviene del nuevo hábito a la computadora, decide dejarla en casa mientras escribe en el café la epístola. La noche que escribió el punto final, Roberto regresa a casa con el sobre y un ramo de flores rojas y blancas. Bety las recibe efusiva e incrédula:

—¿Qué te traes, Roberto? –pregunta antes de abrir la carta.

—Sólo quiero que la leas.

—Ora ¿qué te pasa? ¿Te estás volviendo loco?

Roberto sonríe.

—Nomás leela. La escribí con todo mi cariño.

Bety detiene la apertura del sobre para estampar sus ojos en los de Roberto. Intenta transmitirle un mensaje en claves ominosas. Oculta su rostro en el pecho del amado, quien cree que su mujer ha sintonizado con él en apreciaciones. Balbucea un "perdóname" que Roberto no comprende, sino hasta que escucha en la voz trémula de Bety, la confesión de que la computadora que dejó en el buró, yace destrozada en el cesto de basura.

Índice

Sismocantropus 5

El derecho al respeto ajeno 25

Los fines y los medios 45

Oficina 57

Soldado 79

Frases 97

Viejo amor 115

Políticamente correcto 129

Devoción 143

Jubilado 161

Made in the USA
Columbia, SC
26 March 2023